今様

Imayou

植木朝子

コレクション日本歌人選025
Collected Works of Japanese Poets

笠間書院

『今様』

目次

凡例

一、本書には、平安時代末期の流行歌謡・今様五十首を載せた。

一、本書では、今様の流行歌謡としての新しさ、面白さを明らかにすることを目指し、近現代における今様享受にもふれるよう心がけた。

一、本書は、次の項目からなる。「作品本文」「出典」「口語訳」「鑑賞」「脚注」「編者略伝」「略年譜」「筆者解説」「読書案内」「付録エッセイ」。

一、『梁塵秘抄』のテキスト本文と歌番号は、主として『新編日本古典文学全集』に、その他のテキスト本文は『日本歌謡集成』、『続日本歌謡集成』に拠り、適宜漢字をあてて読みやすくした。

一、鑑賞は、一首につき見開き二ページを当てた。

今様

01

春の初めの歌枕《うたまくら》　霞《かすみ》たなびく吉野山《よしのやま》　鶯《うぐひす》佐保姫《さほひめ》翁草《おきなぐさ》　花を見捨てて帰る雁《かり》

【出典】梁塵秘抄・今様・一三

春の初めの和歌の素材としては—霞がたなびく吉野山、鶯、佐保姫、翁草、桜の盛りを見捨てて北の国に帰ってゆく雁。

【語釈】○佐保姫—佐保山の女神。奈良市にある佐保山は平城京の東に位置し、陰陽五行説による季節配当は東＝春であるため、春をつかさどると考えられた。○帰る雁—冬鳥である雁が、春になって北へ渡っていくことをいう。

春の景物を五つ並べたもの尽くし今様。「歌枕」は、現代語においては、古来多く歌に詠まれた名所を指すが、古くは地名に限らず、和歌に詠まれる素材を広くいった。

霞む吉野山・鶯・佐保姫・帰雁《きがん》の四つの素材が伝統的な和歌において繰り返し詠まれている中で、意表を突く素材は翁草であろう。翁草はキンポウゲ科の多年草で、四、五月頃花を開く。花は鐘形で外側には白毛が密生し、内側は無毛で暗赤紫色である。花の後、白く長い羽毛状に伸びためしべが老人の銀髪を思わせるところからこの名がついた。翁草の和歌における用例は非常に少なく、まれに詠まれた場合も、植物の実体はほとんど問題にされず、翁—白髪—霜・雪—枯野といった言葉上の連想によって詠まれ、秋から冬にかけての季節感をかもしだすことが多い。

　このように、和歌の用例が少なく、春の季節感も希薄な翁草がことさらにうたい込まれた理由は、翁草の花が春咲くことに注目したからであり、さらには素材配列の面白さを追求したからであろう。「佐保姫」の「姫」との対照から「翁」を引き出し、密やかに性的連想を楽しむような構成になっていると考えられるのである。翁と若い女性の組み合わせは「＊ふしの様《やう》がるは…翁の美女《びんぢよう》まりえぬひとり臥《ぶ》し」（三八二）、「＊婆娑《しやば》にゆゆしく憎きもの…頭《かしら》白かる翁どもの若女好《わかめごの》み」（三八四）といった形で、『＊梁塵《りようじん》秘抄《ひしよう》』に散見する。和歌においては老いや不遇を嘆く場合に引き合いに出される翁草が、今様では性的連想を誘い、滑稽な笑いをもってとらえられる。和歌とは異なる方向への言葉遊びを展開し、和歌の伝統を裏切る面白さに満ちているのである。

＊ふしの様がるは…—「ふし」で一風変わっていて面白いのは、おじいさんが美女をものにできないで寂しい一人臥し。

＊婆娑にゆゆしく…—この世でとても憎らしいものは、頭の白くなったおじいさんたちが若い女に夢中になる様子。

＊梁塵秘抄—平安時代末期、後白河院が編んだ今様集。本書の今様は、おわりの十数首をのぞいて、この梁塵秘抄所収のものである。

02

仏《ほとけ》は常にいませども　現《うつつ》ならぬぞあはれなる　人の音せぬ暁《あかつき》に
ほのかに夢に見えたまふ

【出典】梁塵秘抄・法文歌・仏歌・二六

仏はいつもおいでになるが、はっきりとお姿が見えないことこそ、しみじみ尊く思われることよ。人の物音のしない暁にほんのり夢に現れなさる。

静けさに包まれた暁、夢に出現するかすかな仏の姿をとらえた一首。ほのかにしか見えないその尊い姿は、仏教が広く浸透していた時代の人々に深い感動を与えただろう。『更級日記《さらしなにっき》』*には、天喜《てんぎ》三年（一〇五五）、十月十三日の夜、庭先に立つ阿弥陀仏を夢に見たことが記されているが、その姿も、さだかには見えず、霧を隔てたようだったとされている。作者は、「後に迎えに来よう」と言ったその仏の言葉を、極楽往生できることのただ一つの頼りと

【語釈】○現―夢に対して現実をいう語。「夢か現か」などと併用されることが多い。

*更級日記―平安時代中期に成った仮名日記で、菅原孝標女《すがわらたかすえのむすめ》の著。

した、と記す。『更級日記』の記述と重なるような、仏の幽遠さを讃えた当今様は、『梁塵秘抄』の中で、最もよく知られた歌の一つといってよい。

芥川龍之介《あくたがわりゅうのすけ》の「暁」と題された生前未発表の詩篇に、「「ひとの音せぬ暁に／ほのかに夢に見え給ふ」／仏のみかは君もまた／「うつつならぬぞあはれなる」」（／は改行）とあり、菊池寛《きくちかん》は、しばしばこの今様を色紙《しきし》に書いたという。川端康成《かわばたやすなり》は、菊池寛の死後、その色紙を見たことに触発されて、小説『反橋《そりばし》』や舞踊劇『船遊女《ふなゆうじょ》』に当今様を引いている。『反橋』は母を探し求める息子、『船遊女』は父を探し求める娘の物語であり、今様の「仏」は、川端作品の中で父母の面影と重ねられ、親子のめぐり会いの難しさが、哀感漂う今様の歌詞と巧みに響き合っている。また、三島由紀夫《みしまゆきお》が十八歳の時に書いた詩「恋供養《こいくよう》」と小説『世々に残さん』では、ともに、恋に深くとらわれたことを罪業《ざいごう》として、それを懺悔《ざんげ》し仏にすがろうとする人の思いを、この今様に象徴させている。近年も、津島佑子《つしまゆうこ》の小説*『ナラ・レポート』や伊藤《いとう》比呂美《ひろみ》の長編詩*『とげ抜き新巣鴨地蔵縁起』に引用されており、作家たちの当今様愛好のほどが知られる。

＊ナラ・レポート―文藝春秋　二〇〇四年。
＊とげ抜き新巣鴨地蔵縁起―講談社　二〇〇七年。

03

弥陀《みだ》の誓ひぞ頼もしき　十悪五逆《じふあくごぎやく》の人なれど　一度御名《ひとたびみな》を称《とな》ふれば　来迎引接《らいかういんぜふ》疑はず

【出典】梁塵秘抄・法文歌・仏歌・三〇（法文歌・雑法文歌・二三七にも重出）

阿弥陀如来の誓願《せいがん》こそ、頼りに思われるよ。たとえ十《じゆう》悪五逆《あくごぎやく》の大罪人でも、一度、その御名前を唱えたならば、弥陀のお迎えによって浄土に導かれることは疑いないのだ。

阿弥陀仏への篤《あつ》い信仰心をうたう今様は多いが、この今様はどんな悪人でも極楽往生できるとして、堕地獄《だじごく》の恐怖におびえる人々に、弥陀の救済の力を強く印象づけている。現世で功徳《くどく》を積めば地獄に堕《お》ちることはないという意識のもとで、寺の建立《こんりゆう》や写経、法会《ほうえ》の開催その他、堕地獄からまぬがれる一応の手段を持ち得ていた貴族階級の人々とは異なり、今様を支えた庶民たちは、そのような財力を持たず、生活のために狩りや漁などの殺生をおか

【語釈】○十悪五逆―殺生・偸盗など十種の悪業と、殺母・殺父など人倫や仏道に逆らう五種の大罪。○来迎引接―臨終に際し、仏が迎えに来て、浄土に導くこと。

*千観―平安時代中期の天台

さねばならなかったからである。典拠は『観無量寿経《かんむりようじゆきよう》』にあり、『和漢朗詠集《わかんろうえいしゆう》』巻下「仏事」に収められた具平《ともひら》親王の漢詩文の一節にも「十悪ト雖《いへど》モ猶《なほ》引接ス」と見えるが、直接には千観《せんかん》*の『極楽国弥陀和讃《ごくらくこくみだわさん》』の「誓ハ四十八大願、心一子ノ大慈悲ハ、十悪五逆謗法《はうぼふ》等、極重最下《ごくぢゆうさいげ》ノ罪人モ、一タビ南無《なむ》ト唱フレバ、引接サダメテ疑ハズ」によったものと考えられている。この和*讃をさらに簡潔にし、「頼もし」の語によって、感情に訴えるような表現になっているところが、当今様の特徴であろう。

親鸞《しんらん》の七百五十回忌にあわせて出版された五木寛之《いつきひろゆき》の小説*『親鸞』には、当今様が繰り返し引用される。幼き日の親鸞が、ふと耳にしたこの今様に心惹かれ、その後、折にふれてこの今様を思い出すという設定である。念仏を重視し、悪人こそが救われるとする悪人正機説《あくにんしようきせつ》を説いた親鸞の思想と当今様とは相通*ずるところがあり、よく選ばれた一首であったといえよう。小説の中には、おそらく承安《じようあん》四年（一一七四）の今様合《いまようあわせ》から発想したと思われる「歌競べ」が描かれるが、そこでも、父殺しを企てる悪人をおしとどめるものとして、この今様が重要な役割を担っている。

宗の僧侶。

*和讃—仏や経典を和語でほめたたえたもの。

*小説親鸞—講談社 二〇一〇年。

*相通ずるところ—親鸞の『教《きよう》行《ぎよう》信《しん》証《しよう》』には、『観無量寿経』の内容を簡潔にまとめて「十悪五逆至《いた》レル愚人《ぐにん》、永劫《ゐやうごふ》ニ沈淪《ちんりん》シテ久《く》塵《ぢん》ニアリ。一念弥陀ノ号《みな》ヲ称《しよう》得《とく》シテ、彼《かしこ》ニ至レバ還《かへ》リテ法性身《ほうしやうしん》ニ同《どう》ズ」とした箇所がある。該当する経本文には「アルイハ衆生アリテ、不善ノ業タル五逆十悪ヲ作リ」とあるところを、「十悪五逆至レル愚人」とした点や、「仏ノ名ヲ称フルガユヱニ」往生したとする経本文に対し、「一念弥陀ノ号ヲ称得シテ、彼ニ至レバ」と条件提示の形にした点など、当今様と近い表現になっている。

04

達多《だつた》五逆《ごぎやく》の悪人と　名には負《お》へども実《まこと》には　釈迦の法華経習ひける　阿私仙人《あしせんにん》これぞかし

【出典】梁塵秘抄・法文歌・法華経二十八品歌・提婆品・一一一

提婆達多《だいばだつた》は五逆の罪を犯した大悪人として有名だけれど、本当は、釈迦が前世で『法華経』を学んだ阿私仙人こそ、この達多であるのだよ。

法華経二十八品歌の提婆品《だいばぼん》のうちの一首。提婆品は『法華経』の第十二章に当たる。前半では悪人提婆達多の成仏《じょうぶつ》を、後半では龍王の娘である龍女《りゅうにょ》の成仏を説く。最も救いから遠いはずの極悪人も、汚れた身である女人《にょにん》も成仏できるのだとするこの品は、古来人気があり、特に龍女成仏を説くところから、女性に重んじられた。

提婆達多は釈迦の従兄弟《いとこ》であり、その教団に属していたが、後に離反し、

【語釈】○達多―釈迦の従兄弟の提婆達多のこと。○阿私仙人―国王であった釈迦の願いに応じて『法華経』を説いた仙人。

僧を誘拐したり仏の身を傷つけたりといった多くの悪行をなした。しかし、前世において、釈迦が師事し、仕えた阿私仙人こそ、今の提婆達多なのであった。天台宗の*法華八講《ほっけはっこう》の際には「法華経を我が得しことは、薪《たきぎ》こり、菜《な》摘み、水汲み、仕へてぞ得し」という仏教歌謡をうたいながら堂内を行道《ぎょうどう》する。『梁塵秘抄』にも「氷をたたきて水掬《むす》び　霜を払ひて薪採り　千歳《ちとせ》の春《はる》秋《あき》を過ぐしてぞ　一乗妙法《いちじょうめうほふ》聞き初《そ》めし」（一一二）、「阿私仙の洞《ほら》の中《うち》　千歳の春秋仕へてぞ　会ふこと聞くこと持《たも》つこと　難《かた》き法《のり》をばわれは聞く」（一一五）といった例があり、これらの歌謡では、仙人のために薪を拾い、菜を摘み、水を汲んで、千年もの間仕えた末に、やっと法を得ることができたという釈迦の苦労を強調している。

　それに対し、当今様は、釈迦ではなく悪人達多に心を寄せ、実はその悪人が前世では釈迦の師であったのだという反転を鮮やかにうたう。達多は、前歌の「十悪五逆の人」の具体例であり、達多が、釈迦の師であったという輝かしい過去を持ち、釈迦に成仏を保証されたことは、この今様を聞く人々を大いに勇気づけたことであろう。

*法華八講―『法華経』八巻を講説論義する法会。普通、朝夕二回ずつ行って四日で終わる。

05

龍女《りゆうによ》は仏に成りにけり　などかわれらも成らざらん
五障《ごしやう》の雲こそ厚くとも　如来月輪《によらいぐわちりん》隠されじ

【出典】梁塵秘抄・法文歌・雑法文歌・二〇八

龍女は仏になったということだ。どうしてわれら女人も成仏できないことがあろうか。女の身に五つの罪障があって、雲のように厚く覆いかぶさってきても、成仏できる本性は月の光のように輝き出て雲に隠されることはないのだ。

龍王の八歳の娘は、龍宮での文殊菩薩《もんじゆぼさつ》の教えを聞いて悟りを開き、たちまちに男子と成って南方無垢《なんぽうむく》世界へ行き、成仏を遂げた。『法華経』提婆品に説く龍女成仏の話は、法華経二十八品歌の中だけではなく、雑法文歌《ぞうほうもんのうた》の中にもおさめられている。

仏教においては罪深いとされた女性たちが、龍女成仏の物語にどれほど慰

【語釈】○五障―女性にだけ存在する障害で、梵天王《ぼんてんのう》、帝釈《たいしやく》、魔王《まおう》、転輪聖王《てんりんじようおう》、仏身《ぶつしん》の五つの身分になれないこと。○如来月輪―成仏できる本性をまるい月にたとえた。

められ、救いへの希望を抱いたか、現代人の想像を絶するものがあっただろう。「われら」の語によって、当今様の享受者が龍女と一体化していく臨場感が生まれ、同じような奇跡を熱望する切実さが伝わってくる。*声明《しょうみょう》の作法書『魚山蠆芥集《ぎょざんたいかいしゅう》』などに、「龍女教化《きょうけ》」として「龍女は仏に成りにけり　などかわれらも成らざらん　五障の雲こそ厚くとも　如来月輪隠されぬものこそありけれ」と見える。仏教の布教活動の中で広く流布したものであったことがうかがわれよう。

　龍女成仏のテーマはしばしば絵にも描かれている。厳島《いつくしま》神社蔵の国宝『*平家納経《へいけのうきょう》』の提婆品表紙には、大きな口や鋭い背びれ、飛び出した目玉などを持つ怪魚が数匹描かれ、龍女の住む暗く怪しい世界をイメージさせる。それに対して見返し絵は、龍女が宝珠《ほうじゅ》を捧げ持って海中から出現し、二人の侍女を従えて、仏の待ち受ける天上世界へ上がっていく様子をきらびやかな色彩で描く。経の中では「変ジテ男子ト成リテ」とされる龍女であるが、この絵の中では、結いあげた髪と領巾《ひれ》を翻《ひるがえ》し、美しい女人の姿のまま、天空を目指す姿で描かれている。

*声明―法会の際、僧によって唱えられる声楽。『魚山蠆芥集』は室町時代の書。

*平家納経―長寛《ちょうかん》二年（一一六四）に、平清盛が一門の繁栄を祈願して厳島神社に納めた装飾経三十三巻。染色紙や金銀の箔《はく》を散らした豪華な仕立てになっている。

06

万《よろづ》を有漏《うろ》と知りぬれば　阿鼻《あび》の炎も心から
極楽浄土の池水《いけみづ》も　心澄みては隔てなし

【出典】梁塵秘抄・法文歌・雑法文歌・二四一

すべては煩悩《ぼんのう》のなせることと知ってみれば、阿鼻地獄の炎で身を焼かれる苦しみも、わが心のせいなのだ。一方、極楽浄土の池水の清らかな救いも、わが心が澄んでいるならば、すぐ近くにあるのだよ。

【語釈】○有漏《うろ》―煩悩や迷いを持つこと。○阿鼻―八大地獄のうち最も下に位置し、極悪人が堕ちる地獄。

地獄の苦しみも極楽の救いも、自分の心ひとつなのだとする、法文歌の最終歌。『阿弥陀経』には、極楽の七宝《しっぽう》の池に八功徳水《はちくどくすい》（八つのすぐれた美点を持つ水）のあることを説き、『梁塵秘抄』にも「極楽浄土のめでたさは一つもあだなることぞなき　吹く風立つ波鳥もみな　妙《たへ》なる法《のり》をぞ唱ふなる」（一七七）とあって、極楽の池の波が尊い法文を唱えているとする把握が見られる。当今様では、特に、地獄の熱い炎に対して、極楽の涼しくさわやかな水を対比させたものであろう。「水」からは「澄む」の語も自然に連想されるため、「心澄みては」の句とのつながりもスムーズである。

安《あ》部《べ》龍《りゅう》太《た》郎《ろう》の歴史小説『浄土の帝』*は後白河院を主人公にしたものであるが、ここでの後白河院は、「この国を極楽浄土にしたい、この国の心の王になって、衆生済度《さいど》のために力を尽くしたい」と渇望する人物として描かれている。今様に没頭し、地下《じげ》の者に親しく交わったのも彼らを極楽浄土に導きたいという願いからだとされる。小説中には、『梁塵秘抄』から数首の今様が引用されているが、その一つに、血縁者や周囲の貴族との対立の中で、煩悩を捨て去ることの難しさを思いながら、後白河院が心の中でこの今様をうたう場面がある。

　こうして兄君の処遇について思い煩うのも、信西《しんぜい》のやり方を憎いと思うのも、すべて煩悩のなせる業とは承知しておられるものの、「心澄みては隔てなし」という境地に至るのは至難の業である。

　史実はさておき、戦乱の世を王として生きねばならぬ人の苦悩と悲哀が、今様引用を通して巧みに表現されている。

*浄土の帝—角川書店　二〇〇五年。

07

いづれか貴船《きふね》へ参る道　賀茂川《かもがは》箕里《みのさと》御菩薩池《みどろいけ》御菩薩坂《みどろさか》
畑井田《はたゐだ》篠坂《しのさか》や一二《いちに》の橋　山川さらさら岩枕《いはまくら》

【出典】梁塵秘抄・四句神歌・神分・二五一

どれが貴船神社へ参詣する道かといえば―賀茂川に沿って北上し、箕里、御菩薩池、御菩薩坂、畑井田《はたいだ》、篠坂を経てね、一二の橋にさしかかる。山川の水がさらさらと岩を越えて流れているよ。

都から貴船神社へ参詣する順路をうたった道行《みちゆき》歌謡。洛中を出発して貴船神社まで、南から北へと地名を並べている。ある場所から別の場所へ、移動経路をたどりながら、旅人の心情と地名を巧みに織り込んでゆく方法は、後世の軍記物語や能、文楽などの道行文で発達するが、『梁塵秘抄』の地名列挙歌謡はそれに先立つものとして注目される。

箕里は未詳ながら、地名の並び順から御菩薩池の南の地と思われる。御菩*

【語釈】○岩枕―本来、岩の枕、あるいは岩を枕にする（野宿する）こと。ここでは川の中の岩の群を枕にたとえ、その上を水が流れることをいう。

*御菩薩池―「御菩薩池」の表記は、行基がこの地で修

薩池は現在、深泥池と表記されるが、この池から畑井田に至る坂道を*御菩薩坂と言った。畑井田は現在、幡枝と書いているが、中世の記録類によると「波太枝」「幡枝」「畑枝」などさまざまな表記で見える。篠坂は、諸注未詳とするが、『*実隆公記《さねたかこうき》』に、母の墓所として「一原野《いちはらの》*志乃坂《しのさか》」と見える。

「一二の橋」は一の瀬、二の瀬にかかった橋の意であろうか。時代は下るが、能「鉄輪《かなわ》」において、主人公が貴船神社に参る場面でも、御菩薩池から市原野《いちはらの》（幡枝の北方）を過ぎ、「橋を過ぐればほどもなく　貴船の宮に着きにけり」とある。貴船神社に参詣する人にとって、最後に過ぎる「橋」が重要なものであったことがうかがわれる。一の瀬は冷泉為尹《れいぜいためまさ》の和歌に「*ふりにけり貴船の奥の夕立ちに一の瀬まもる賀茂の川波」と見える。現在、叡山電鉄の駅に二の瀬があるが、おそらく一の瀬は二の瀬の南側にあたるのだろう。

現代人には単なる羅列と思われる地名も、徒歩で旅する中世の人々にとっては、目的地までの一歩一歩を刻む、大切なものであった。苦労しながら山道を登っていった末に、水源の社にふさわしく、豊かな水が流れている、その景色を「さらさら」という美しい擬音語で巧みにまとめ、聖地への憧れをかきたてる一首である。

行した時、池上に弥勒菩薩が出現したという伝説によるという説（『京羽二重《きょうはぶたえ》』）や、洛中洛外の六つの地蔵菩薩のうち、随一のものがここにあるからという説（『雍州府志《ようしゅうふし》』）などがある。

*御菩薩坂―『山槐記《さんかいき》』治承二年（一一七八）一月二十三日条に「美土呂坂《みどろ》」とある。

*実隆公記―三条西実隆（一四五五―一五三七）の日記。

*志乃坂―「忍坂」とも表記される。なお、現在も京都バスの停留所名や自治会のブロック名として「篠坂町」が残る。

*ふりにけり……―応永二十二年（一四一五）に詠進された為尹千首の中の一首。

08

貴船《きふね》の内外座《ないげざ》は　山尾《やまを》よ川尾《かはを》よ奥深吸葛《おくふかすひかづら》　白石白髭白専女《しらいししらひげしらたうめ》
黒尾《くろを》の御前《みさき》はあはれ内外座や

【出典】梁塵秘抄・四句神歌・神分・二五二

貴船神社の内外に祀られている神々は、山尾《やまお》よ川尾《かわお》よ奥深、吸葛《すいかずら》、白石、白髭、白専女《しらとうめ》それに黒尾《くろお》の御前。ああ、さまざまな内外座の神よ。

貴船神社の境内と境外に祀られたさまざまな神を讃美した一首。川尾社と白髭社は現在、本社境内にあり、吸葛社は、本社より五百メートルほど北の奥宮内にある。白石社は貴船口（一の鳥居）と本社の中ほどにある。従ってこれらの神々は社の場所によって並べられたのではなく、山と川との対比、白の列挙、白と黒との対比といった言葉上の工夫をこらした技巧的な配列になっていると考えられる。

【語釈】○白専女―霊力ある白狐か。『百錬抄《ひゃくれんしょう》』延久四年（一〇七二）十二月七日に、藤原仲季《なかすえ》が、斎宮のあたりで「白専女」を射殺してしまったため、罪を得て土佐国に流されたという事件が記されているが、そのことを引用した『山槐記《さんかいき》』

平安時代末から鎌倉時代初めにかけてまとめられた仏教書『覚禅抄《かくぜんしょう》』に「呪詛神《じゅそしん》。貴布禰《きふね》。須比賀津良《すひかつら》。山尾。河尾。奥深」とあって、山尾、川尾、奥深、吸葛は、貴船の神の中でも特に「呪詛神」としてとらえられていた。能「鉄輪《かなわ》」では、主人公が自分を捨てた男を呪《のろ》うために貴船神社に丑《うし》の刻《とき》参りをするが、平安時代末から呪詛の神として認識されていたことがわかる。「白専女」は白い霊狐《れいこ》を祀った社、「黒尾」は稲荷《いなり》系の神を祀った社かと考えられる。鎌倉時代までには成立していた「吒枳尼天祭文《だきにてんさいもん》」（高山寺所蔵）は、配偶者を求める男女がその成就を願うものであるが、願いをかける対象の神として道祖神*や「松尾《まつお》」「木嶋《このしま》」と並んで、「稲荷」があがっている。すなわち、当今様にうたわれた神々は恋愛の成就あるいは呪詛に大いなる力を発揮するものの、道祖神などと並ぶ、一種のいかがわしさを持った神であるらしい。

道祖神は、神々の中でも格の下がるもの*としてとらえられているが、今様の担い手である遊女・傀儡《くぐつ》らの守り神であった。『梁塵秘抄』に「遊女《あそび》の好むもの……男の愛祈る百大夫《ひゃくだいふ》」（三八〇）とある「百大夫」は道祖神の別称である。今様は、正統な神々だけではなく、むしろそれ以上に、ある種の異端性を持つ神々に心を寄せているといえよう。

治承二年（一一七八）閏六月五日条では、仲季が「白専女」と号する「霊狐」を射殺したとしている。○黒尾―稲荷系の神か。金春禅竹《こんぱるぜんちく》が応仁元年（一四六七）六月の参籠を記した『稲荷山参籠記《いなりやまさんろうき》』に「黒尾ノ神社ノ跡アリ。今ハ社ハナシ。……是ハミナ、中ノ社、上ノ社ノミナ末社ナリ」とある。

*道祖神―峠や村境などの境界にあって、悪霊疫病などを防ぐとともに恋愛を司る神。

*格の下がるもの―たとえば『宇治拾遺物語』第一話では、五条の道祖神が道命《どうみょう》阿闍梨《あじゃり》の『法華経』読誦を聴聞に来て、梵天《ぼんてん》・帝釈《たいしゃく》といった神々の下に位置づけられていることを自ら述べる。

09

極楽浄土の東門《とうもん》に　機織《はた》る虫こそ桁《けた》に住め　西方《さいはう》浄土の灯火《ともしび》に　念仏の衣《ころも》ぞ急ぎ織る

【出典】梁塵秘抄・四句神歌・仏歌・二八六

極楽浄土の東門で、機織る虫こそはその桁に住んでいるよ。西方《さいほう》浄土の灯火をたよりに、念仏の衣を急ぎ織っているのだよ。

【語釈】○桁―柱と柱を結ぶように渡して、その上に構築するものの支えとする材木。

大阪の四天王寺《してんのうじ》は極楽浄土の東門に当たると考えられており、『梁塵秘抄』には「極楽浄土の東門は難波《なには》の海にぞ対《むか》へたる」（一七六）とうたう今様もある。『四天王寺縁起』によると、聖徳太子は四天王寺の西門の額に「斯《こ》ノ処《ところ》ハ昔、釈迦如来転法輪所《しやかにょらいてんぽうりんしょ》、宝塔金堂ハ極楽浄土東門ノ中心ニ相当ル」と書いたというが、西方極楽浄土への憧れが高まると、四天王寺の信仰の中心は宝塔や金堂からより西側の西門《さいもん》へ移る。時代は下るが、能「弱法師《よろぼし》」には、主人公が、四天王寺の西門から西へ進むことは極楽浄土の東門に向かうことだとして、海に沈む入日を拝む場面がある。

当今様は四天王寺の西門の桁に機織る虫を見出し、その鳴き声を念仏の衣を織っていると聞きなした。「機織る虫」は「はたおり」「はたおりめ」「はたおりむし」ともいい、キリギリスの古称。ギーッチョン、ギーッチョンという鳴き声を機織りの音と聞いたところからの名称だが、ここでは、その鳴き声を念仏唱和の声としてもとらえ、二重の意味を持たせて「念仏の衣を織る」とした。

芥川龍之介の短編「羅生門《らしょうもん》」は、*下人が羅生門の下で雨やみを待っている場面から始まるが、ところどころ丹塗りのはげた大きな円柱には一匹の蟋《きり》蟀《ぎりす》（今いうコオロギ）がとまっているとの描写がある。鳴き声にはふれられていないが、門と鳴く虫というやや意表を突く組み合わせには、当今様が影響を及ぼしている可能性も考えたくなる。芥川は『梁塵秘抄』を愛読しており、今様を取り入れた詩歌作品を多数発表しているからである。羅生門の蟋蟀は、やがてどこかへ姿を消してしまうが、四天王寺西門のキリギリスは機織りに余念がないようである。

＊下人が羅生門の下で……——「羅生門」の冒頭は次のように始まっている。

　ある日の暮れ方のことである。一人の下人が、羅生門の下で雨やみを待っていた。

　広い門の下には、この男の他に誰もいない。ただ、所々丹塗《にぬり》の剝《は》げた、大きな円柱《まるばしら》に、蟋蟀《きりぎりす》が一匹とまっている。……（中略）……風は門の柱と柱との間を、夕闇と共に遠慮なく、吹きぬける。丹塗の柱にとまっていた蟋蟀も、もうどこかへ行ってしまった。

10

峰の花折る小大徳《こだいとく》　面立《つらだち》よければ裳袈裟《もげさ》よし
まして高座《かうざ》に上《のぼ》りては　法《のり》の声こそ尊けれ

【出典】梁塵秘抄・四句神歌・僧歌・三〇四

峰の花を折っている小大徳、顔立ちもいいし、裳や袈裟《けさ》をつけた姿もほれぼれするね。まして高座《こうざ》に上がった時は、説経の美声が本当に尊く聞こえるよ。

若く美しい僧に対する関心を率直にうたった一首。『枕草子《まくらのそうし》』には「説経の講師《かうじ》は、顔よき。講師の顔をつとまもらへたるこそ、その説くことの尊さもおぼゆれ」とあり、説経の講師は顔が美しければこそ、その顔をじっと見つめて説経を聞くから、教えの尊さも身にしみるといっており、美貌の僧への熱いまなざしが普遍的なものであったことをうかがわせる。ただし、『枕草子』が、講師の顔かたちが説経を左右するといった不謹慎《ふきんしん》なことは仏

【語釈】○小大徳―年若い僧。○裳―腰部に着用する衣。○袈裟―僧服で左肩から右脇下にかけて掛けるもの。

罰が恐ろしいので書き続けるまい、として途中で書き止めているのに対して、この今様はより一層大胆な心情吐露になっているといえるだろう。

「峰の花折る」は仏に供える花を折っていることを表し、たとえば『平家物語』灌頂巻《かんじょうのまき》において、*建礼門院《けんれいもんいん》が、花籠をひじにかけ、岩つつじを持って花摘みから戻ってきた印象的な姿を想起させる。大原の寂光院《じゃっこういん》で、平家の人々の菩提を弔いながら日々を過ごしている建礼門院のもとに、後白河院が訪ねて来る。ちょうど女院は山に花摘みに行っており、先の姿で庵室に戻ってくるのであった。ただし、当今様において、姿も声も美しい僧が花を折る様子は、官能的な連想をも誘う。僧が折られた花のように美しいことを示すと同時に、「花を折る」とは、しばしば女性をわが物とすることの比喩になるからである（29歌参照）。僧の魅力に夢中になっている聴聞の女人たちは、自らがあたかも折られた花々のようでもある。僧と娘の恋は、後に、*八《や》百屋《おや》お七《しち》など江戸文学の主要な題材の一つとなる。さらに下って、与謝野晶《よさのあき》子《こ》の歌集『みだれ髪』にも同様のテーマが繰り返し現れている。

堂の鐘のひくきゆふべを前髪の桃のつぼみに経《きやう》たまへ君

うらわかき僧よびさます春の窓ふり袖ふれて経《きやう》くづれきぬ

* 建礼門院―平清盛の次女で、高倉天皇の中宮。壇ノ浦で子の安徳天皇とともに入水したが、一人助けられる。その後出家して大原の寂光院に住んだ。

* 八百屋お七―恋人の寺小姓に会うために、天和《てんな》三年（一六八三）に火事を起こしてとらえられ、十六歳で処刑された。

11

いづれか法輪《ほふりん》へ参る道　内野《うちの》通《どほ》りの西の京　それ過ぎて　や
常磐林《ときはばやし》のあなたなる　愛敬《あいぎやう》流れくる大堰川《おほゐがは》

【出典】梁塵秘抄・四句神歌・霊験所歌・三〇七

どれが法輪寺《ほうりんじ》へ参詣する道かといえば―内野を通って西の京、それを過ぎて、ほら、常磐林《ときわばやし》の向こうに見えるのは、ほんのり色っぽい感じの漂って来る大堰川《おおいがわ》。

霊験所《れいげんしょ》歌に分類される一首。洛中から法輪寺への参詣路をうたう。法輪寺は嵐山渡月《とげつきょう》橋の南にあり、虚空蔵菩薩《こくうぞうぼさつ》を祀る。『枕草子』の「寺は」の段にも「壺坂《つぼさか》」「笠置《かさぎ》」についで名が見えている。内野は、大内裏《だいだいり》跡の野の意。大内裏はしばしば焼亡したために、その跡を「野」とした呼び名である。西の京は、平安京のうち朱雀大路《すざくおおじ》より西の区域。『梁塵秘抄』では「西の京行けば　雀　燕《つばくらめ》　筒鳥《つつどり》や」（三八八）とうたわれ、鳥類にたとえられる遊女た

【語釈】○法輪―法輪寺。嵐山にある真言宗御室《おむろ》派の寺。通称は嵯峨虚空蔵。奈良時代、行基の創建と伝えられる。○大堰川―大井川とも書く。保津川の下流域。

ちがたむろする場でもあったらしい。常磐林は、右京区太秦広隆寺《うずまさこうりゅうじ》の北一帯の林で、現在も、京福《けいふく》北野線の駅に「常盤《ときわ》」がある。歌枕としては「常磐の森」が多く詠まれるが、『*夫木和歌抄《ふぼくわかしょう》』に、「常磐林」の用例がある。

永仁《えいにん》元年（一二九三）九月亀山殿十首、林頭暮秋　前大納言実冬《さねふゆ》卿

*嵯峨野なる常磐林は名のみしてうつろふ色に秋風ぞ吹く

最後の「愛敬流れくる」は、大堰川沿いの遊女を念頭に置いたものと解釈されている。南北朝初期に成立した『拾芥抄《しゅうがいしょう》』霊所部には「大井河」の注として、「*傀儡《くぐつ》、上一町バカリニ居住ス」と記されているからである。法輪寺に限らず、寺社の周りには参詣客をあてこんで遊女らがひしめきあっていた。今様は寺社参詣に付随する性的なものをも、のびのびと掬《すく》いあげているのである。当今様では、「ときは」、すなわち色を変えないという常緑樹のごつごつした印象を持つ常磐林と、柔らかな色っぽい雰囲気の漂う大堰川が対比的に並べられていて、言葉遊びの上でも味わい深い。

『梁塵秘抄』には「御前《おまへ》に参りては　色も変はらで帰れとや」（三六〇）と見え、神社に詣でた後、巫女《みこ》や周辺の遊女らと性的な交渉を持つことを「色変はる」と表現したらしい例があることも思い合わされる。

*夫木和歌抄—鎌倉後期成立の類題和歌集。勝田長清《かつまたながきよ》撰。約一万七千三百余首を約六百の歌題に分類している。

*嵯峨野なる……—色が変わらない常緑樹という意味の「ときは」という名を持つのに、実際の常磐林の葉は紅葉していて、そこに秋風が吹いているという言葉遊びの和歌。

*傀儡—芸能者の集団で男女ともにグループを形成した。男たちは狩猟に従事し、奇術幻術の類や、木偶《でく》を舞わせるなどの芸を見せた。女たちは歌をうたい、男の客をとって夜をともに過ごすこともあった。

12

海には万劫《まんごふ》亀遊ぶ　蓬萊山《ほうらいさん》をや戴《いただ》ける　仙人童《せんにんわらは》を鶴に乗せて
太子《たいし》を迎えて遊ばばや

【出典】梁塵秘抄・四句神歌・雑・三一九

海には万劫《まんごう》もの年を経た亀が遊び戯れて、蓬萊山をその背に戴いていることであろうか。その山中で仙人に仕える童子を鶴に乗せて、若い太子を迎えて遊びたいものだ。

神仙世界を描く祝賀の気分にあふれた一首。蓬萊山は、中国の神仙思想において、不老不死の仙人が住むと説かれる伝説上の霊山。東方の海中にあって、巨大な亀の背に乗っていると考えられた。

「太子」は一般に将来帝位を継ぐ皇子のことをいい、当今様の背景に、周の霊王（在位・紀元前五七二—五四五）の太子で、後に仙人となったという*王子《おうし》喬《きょう》の伝説を置く説もある。王子喬は、前漢の劉向《りゅうきょう》（紀元前七七？・—紀元前六）

【語釈】○万劫—きわめて長い年月。「劫」は仏教語で、ほとんど無限ともいえるほどの長い時間を表す単位。

*王子喬の伝説を置く説—乾《いぬい》克己「中世歌謡の環境と特質」（『国語と国文学』

の『列仙伝《れっせんでん》』によると、周の霊王の太子の晋《しん》で、笙《しょう》の名手であった。嵩高《すうこう》山に登って三十余年ののち、白鶴に乗って人々の前に姿を現したという。王子喬の説話は『続教訓抄《ぞくきょうくんしょう》』や『十訓抄《じっきんしょう》』にも見え、日本でも広く流布していたことがわかるので興味深いが、ここでは、祝うべき相手の後継ぎをほめたたえて「太子」と呼んでいるものだろう。

当今様の前後には同じような趣の歌が並べられており、「仙人童の密《みそ》かに立ち聞けば　殿《との》は受領《ずりやう》になりたまふ」（三二〇）、「御前の遣水《やりみづ》に　妙絶金宝《めうぜちこんほう》なる砂《いさご》あり」（三二二）などの表現からすると、貴族の屋敷に出入りする芸能者たちがうたった祝い歌としての色彩が濃いからである。

鎌倉時代以降の和鏡や蒔絵《まきえ》に描かれる蓬莱図の多くは、松の生じた岩が波間に浮かび、州浜《すはま》に鶴亀が遊ぶといったもので、仙人の姿は描かれないが、東京芸術大学大学美術館蔵の*仙界図鏡《せんがいずきょう》（十四〜十五世紀）には、松の生えた山に鶴と仙人が、波間に亀が描かれ、上方には鶴の背に乗った童が表されている。あたかも当今様を絵画化したような趣である。

第六九巻第五号　一九九二年五月）。

*仙界図鏡―「道教の美術」展図録（大阪市立美術館　二〇〇九年）。

13

心の澄むものは　秋は山田《やまだ》の庵《いほ》ごとに　鹿驚かすてふ引板《ひた》の声　衣《ころも》しで打つ槌《つち》の音

【出典】梁塵秘抄・四句神歌・雑・三三二

心が冴え冴えと澄んでくるものは―秋になって山田の番小屋ごとに聞こえてくる、鹿を驚かして追い払うという鳴子《なるこ》の音、家々でしきりに衣を打つ槌の響き。

【語釈】○引板―田畑を荒らす鳥獣を追い払うための鳴子のこと。○しで打つ―絶えず打つ。しきりに打つ。

心の澄むもの尽くし。秋の情趣を聴覚的にまとめている。引板は鹿や鳥などを追い払うため、板に小さな竹筒をつけたものを縄に掛け並べ、引くと音を立てるようにしたもの。引板を詠んだ和歌は、三代集（最初の三代の勅撰和歌集。『古今集』『後撰集《ごせんしゅう》』『拾遺集《しゅうい》』を指す）にはとられておらず、引板の音が多く取り上げられるようになるのは院政期になってからである。今様にうたい込まれた時点での引板は、歌材としては比較的新しいものだったといえよう。引板はしばしば「山田」と共に詠まれ、夜ふけの山に響く引板の音によって身にしみる孤独と寂しさを詠んだ和歌が多い。

衣を打つのは、布を柔らかくし、つやを出すためで、冬にそなえる作業である。衣を打つのに用いる台を砧《きぬた》といい、台と槌《つち》を一括して砧ということもあった。衣を打つことを「砧を打つ」とも表現する。漢詩文では、異郷にある夫を思いながら、妻が打つものとされ、そのような認識は日本にも入ってきていて、たとえば紀貫之《きのつらゆき》の和歌に「*唐衣打《からころも》つ声聞けば月清みまだ寝ぬ人をそらに知るかな」とある。この和歌の「まだ寝ぬ人」とは夫を思って寝ずに衣を打っている女性を指している。時代は下るが、能「砧《きぬた》」では、訴訟のために上京した夫を慕う留守宅の妻が、わが想いを夫に届けようと衣を打つ場面が見せ場になっている。そこでは、衣を打つ音に、虫の音や忍び泣きの声が重なり、涙もほろほろと落ちるという悲しみの極致が描き出される。こうした文芸上の伝統を背景に置くと、衣を打つ槌の音は、女性の孤独や悲しみを内に秘めたものであることがわかる。

引板の音も衣を打つ音も、以上のような悲哀に満ちたものであり、そうした孤独な情景が心澄むものとして把握されているといえよう。

*唐衣……『貫之集』に屏風歌として見える。『和漢朗詠集』や『新勅撰集』にもとられている。

14

心の澄むものは　霞花園夜半《かすみはなぞのよは》の月　秋の野辺《のべ》
上下《じやうげ》も分かぬは恋の路《みち》　岩間《いはま》を漏《も》り来《く》る滝の水

【出典】梁塵秘抄・四句神歌・雑・三三三

心が冴え冴えと澄んでくるものは―春霞、花園、夜半の月、秋の野辺。身分の上下を区別しない恋の路、岩の間を漏れ出て来る滝の水。

心の澄むもの尽くし。霞と花園は春の景物、夜半の月と秋の野辺は秋の景物であり、霞と月は空にあるもの、花園と野辺は地にあるものである。時間と空間の要素を、それぞれ対比的にまとめている。いずれも和歌によく詠まれる伝統的な素材であるが、花園は、やや異質で、単独で和歌に詠まれることは少なく、ほとんどが「志賀《しが》の花園」として出てくる。*

志賀の花園を詠む和歌は、「明日よりは志賀の花園まれにだに誰《たれ》かは訪《と》は

【語釈】上下も分かぬ―身分の上下を区別しない、という意。

＊志賀―近江国《おうみのくに》の歌枕で、琵琶湖西南岸の地。現在の滋賀県大津市。

ん春のふるさと」（新古今集・春歌下・一七四・良経《よしつね》）のように、天智天皇《てんじ》の都・大津宮《おおつのみや》を背景に落花の風情と重ねて、訪う人のない旧都の花園のもの寂しさを表現することが多い。すなわち現代語としては華やかな印象を与える「花園」は、一種の荒廃美を漂わせるものであり、とすると、当今様前半に並べられているものは、秋の素材はもちろん、春の素材であっても、朦朧《もうろう》とした霞、荒れてしまった花園など、もの寂しさやひそやかさといった陰のある素材と見ることができる。

「上下も分かぬは」以下は、第二テーマが展開されて、上下の区別がないものとして、恋の路と滝の水を並べたとも解し得るが、もの尽くしの今様は、一首が一つのテーマで貫かれることが通例なので、身分の上下を超えた一途《いちず》な恋と岩の間から漏れ出て来る滝の水も、大きくは心の澄むものとして括られていると見たい。天にあるものと地にあるものが対比されていた前半から「上下も分かぬ」という逆の内容を続け、また、一般には量や速度、勢いがあると考えられる「滝の水*」を、「漏り来る」という、ひそやかに少しずつ進行する感じを表す言葉で形容するという、言葉遊びの要素も見出されよう。

＊滝の水――『梁塵秘抄』には「すぐれて速きもの……滝の水」（三七四）とうたう例もある。

15

常に恋するは　空には織女流星《たなばたよばひぼし》　野辺には山鳥《やまどり》　秋は鹿
流れの君達《きうだち》冬は鴛鴦《をし》

【出典】梁塵秘抄・四句神歌・雑・三三四

いつも恋しているものは—空には織姫星《おりひめぼし》に流れ星。野辺には山鳥、秋は鹿。水辺の遊女たちに冬は鴛鴦《おしどり》。

恋するもの尽くし。織女は織女星《しょくじょせい》。織姫星とも。一年に一日、七月七日の夜だけ、天の川を渡って牽牛星《けんぎゅうせい》（彦星《ひこぼし》）に逢うことができるという中国の伝説が日本にも広く伝わっている。流れ星は、平安時代の辞書『和名抄《わみょうしょう》』に「流星　和名、与八比保之《よばひぼし》」とあって、求婚を意味する「よばひ」の名を持っている。山鳥はキジ科の野鳥であるが、長い尾羽を持ち、夜、雌雄《しゆう》が峰を隔てて寝るという言い伝えがあり、『百人一首』に「あしびきの山鳥の尾

【語釈】○流れの君達—遊女のこと。水辺にいて舟で移動するためにいう。「きうだち」は「きみたち」の音便。○鴛鴦—カモ科の野鳥。雌雄連れ立って行動するため、現在でも「鴛鴦《おしどり》夫婦」など、夫婦仲のよいたとえに引かれる。

のしだり尾のながながし夜を一人かも寝む」（柿本人麻呂《かきのもとのひとまろ》）と見えるように、相手を恋い慕いながら一人寝をするたとえに引かれる。

また、*秋の牡鹿が牝鹿を呼ぶ声は和歌にしばしば詠まれているが、『徒然草《つれづれぐさ》』は、愛欲の断ち切り難さの例として、「秋の鹿」が女のはいた足駄《あしだ》で作った笛の音に必ず引き寄せられてくるという言い伝えをあげる。秋の鹿が、恋するものの代表として取り上げられた一例といえよう。

伝統的な和歌の世界で「恋」の素材となるものを並べているが、「空」と「野辺」、「秋」と「冬」など空間、季節を対比的に並べ、最終句では自然の風物ではなく遊女を出して変化をつけ、さらに遊女のいる水辺の連想から水鳥である鴛鴦をあげるといった素材配列の工夫が見られる。

「恋ふ」という言葉は、目の前にいないものに対して使うのが普通なので、「織女」から「流れの君達」まで、相手に激しく恋い焦がれながら、それがなかなか報われない状態に置かれたものをあげているのは当然予想されることであるが、最後に夫婦愛の象徴として用いられる「鴛鴦」を置いたのは、やや意表を突くものであると同時に、一種の救いともなっていよう。

*秋の牡鹿が牝鹿を呼ぶ声―「夕されば小倉の山に鳴く鹿は今夜《こよひ》は鳴かず寝《い》ねにけらしも」（万葉集・一五一一・舒明《じよめい》天皇）、「奥山に紅葉ふみわけ鳴く鹿の声聞く時ぞ秋は悲しき」（古今集・秋歌上・二一五・読人知らず）など。室町時代の小歌《こうた》にも「めぐる外山《とやま》に鳴く鹿は　逢《あ》うた別れか　逢はぬ怨《うら》みか」（閑吟集《かんぎんしゆう》・一七〇）と見える。

16

思ひは陸奥《みちのく》に　恋は駿河《するが》に通ふなり　見初《みそ》めざりせばなかなかに
空に忘れて止《や》みなまし

【出典】梁塵秘抄・四句神歌・雑・三三五

思いは満ちて陸奥にまで、恋する気持ちは駿河にまで通うことだ。あの人を見初めなかったなら、かえってぼんやりしたまま中途で忘れて、苦しむこともなく終わっただろうに。

【語釈】○見初めざりせば―「せば〜まし」の形で反実仮想を表す語法。見初めなかったならば〜忘れて終わっただろうに。

「陸奥」の「みち」に「(思いは)満ち」を掛け、「駿河」の「する」に「(恋は)する」を掛ける。和歌の伝統にのっとった恋の歌であるが、陸奥と駿河、二か所の地名を出し、その遠い地まで自分の思いが広がっていくことを暗示して、孤独な切なさが強調されている。相手への恨みよりも恋の苦しみをわが身に引き受ける静かな諦めを感じさせる一首であり、特に「見初めざりせばなかなかに空に忘れて止みなまし」という一節は、その調べの美しさのためか、佐藤春夫《さとうはるお》や芥川龍之介の詩に＊引用されている。

さて、当今様の主体としては、＊女を考えるのが一般的である。榎克朗は「女心を訴えて」いるとし、加藤周一は「恋する女」の歌ととらえる。渡邊昭五は「若い遊女の思い」をうたったものとし、遊女が愛唱したものだろうとする、志田延義・浅野建二の見解も、当今様の主体を女と見てのことと思われる。これらを積極的に否定すべき材料はないが、「通ふ」「見初む」の語から、この今様の主体に男を考えてもよいのではないか。当今様では、恋の「思ひ」が通うのであって、人が通うわけでないから、女が主体でも問題はないが、当時の通い婚のあり方を考えると、「通ふ」側の男を主体と見ることも不自然ではなかろう。また、恋愛の場で「見初む」というと、男が女を、という場合が圧倒的に多い。男が女を「見初む」といっている例は、『源氏物語』、『狭衣《さごろも》物語』、『うつほ物語』、『浜松中納言《はままつちゆうなごん》物語』、『夜の寝覚《ねざめ》』などに、あわせて三十例ほど見られるのに対し、女が男を「見初む」といっているのは、管見では『蜻蛉《かげろう》日記』の一例のみであった。

このように考えると、当今様からは、まさに、芥川や春夫の詩に見えるような、恋に悩める気弱で優しい青年の姿が浮かび上がってくるのである。

＊引用されている―

　後の日に
つれなかりせばなかなかに
そらにわすれて過ぎなまし
そもいくそたびしぼりけむ
たもとせつなしかのたもと
せつなさわれにつのるとも
ひぢてはかわくものなれば
昨日《きぞ》のたもとにこと問はむ
ぬるるやいかにけふもなほ
（佐藤春夫『殉情詩集』大正十年刊）

　相聞一
あひ見ざりせばなかなかに
そらに忘れてやまんとや
野べのけむりも一すぢに
立ちての後はかなしとよ
（芥川龍之介　大正十四年）

＊女を考えるのが一般的―以下の諸説については植木朝子『梁塵秘抄とその周縁』（三省堂　二〇〇一年）参照。

17

われを頼めて来《こ》ぬ男　角《つの》三《み》つ生《お》ひたる鬼になれ　さて人に疎《うと》まれよ
霜雪霰《しもゆきあられ》降る水田《みづた》の鳥となれ　さて足冷たかれ　池の浮草《うきくさ》となりねかし
と揺《ゆ》りかう揺り揺られ歩け

【出典】梁塵秘抄・四句神歌・雑・三三九

私を頼みに思わせておきながら訪ねて来ない男よ。角の三本生えた醜い鬼になれ。そして人に嫌われよ。霜や雪や霰の降る水田を歩き回る鳥になれ。そして足が冷たく凍えてしまえ。池の浮草になってしまえよ。あちらへ揺られこちらへ揺られして、定めなく漂い歩け。

あてにさせておきながら通って来ない薄情な男に投げかけた女の呪詛。

『梁塵秘抄』の注釈史においては、長く、鬼の角は通常一本か二本であって、三本角の鬼の例が知られないことを前提に、醜さの強調であろうとされてきた。しかし、早くに、追儺《ついな》（大晦日の夜、一年の災厄《さいやく》を払うため、それを象

【語釈】○われを頼めて―「頼め」は下二段活用の動詞「頼む」の連用形。頼りに思わせる。あてにさせる。

○と揺りかう揺り―「と」

徴する鬼を追い払う年中行事。後世の節分の「豆まき」に繋がるもの）の鬼の面や絵巻の中に見出だされるという重要な指摘がなされていた（【付録エッセイ】参照）。恐ろしく醜く、嫌われる存在であり、時には罵《ののし》られて排除され、嘲笑される対象である。さらに、近年、頭に三本の火をともす、丑の刻参りの女の醜く恐ろしい姿を重ねて見る説*も提出された。

続く「水田の鳥」、「池の浮草」では、足が冷たく凍え、寄る辺なくさまよわなければならないという、鳥、あるいは浮草それ自体の辛《つら》さ、苦しみに焦点が当てられて、最初の「鬼」が、人に嫌われるという外側からの視点でとらえられているのとはやや異なる。

この今様の主体が、水辺を漂泊する遊女であったとすると、寒い冬の足の冷たさや定めなく漂わざるを得ない浮草のような境遇の辛さは、十分すぎるほどに知っているであろう。そのように身をもって知っている苦しみを相手に味わわせようとして「水田の鳥」や「池の浮草」といった素材が選ばれたと考えられるが、自らの境遇の辛さと重なるだけに、この今様の激しい怒りと呪いの底には深い悲しみと絶望が沈潜しているように感じられる。

と「かう」は、「と」と「かく」。あれやこれや、ああだこうだ、と対句的に使われる。

＊重ねて見る説—馬場光子『走る女』（筑摩書房　一九九二年）。

18

君が愛せし綾藺笠《あやゐがさ》　落ちにけり落ちにけり　賀茂川《かもがは》に川中《かはなか》に
それを求むと尋ぬとせしほどに　明けにけり明けにけり
さらさらさやけの秋の夜は

【出典】梁塵秘抄・四句神歌・雑・三四三

あなたが大事にしていた綾藺笠《あやいがさ》が落ちてしまった、落ちてしまった、賀茂川に川の中に。それを求めよう尋ねようとしているうちに、明けてしまった、明けてしまった、すがすがしい秋の夜は。

綾藺笠とは、藺草《いぐさ》を編んで作った笠。武士が狩や流鏑馬《やぶさめ》の折に用いたもので、この笠の持ち主は若き武士であるらしい。一首の表面上の意味をとるのは比較的容易であるが、しかし、この笠を探したのは誰で、どのような状況にあり、いかなる心情をうたっているのかということになると、実にさまざまな解釈がなされている。

【語釈】○賀茂川―京都の東部を南北に流れる川。

たとえば、武士の従者が忠誠心から、徹夜で真剣に主君の笠を探したのだとする説（塚本邦雄）、落とした笠によって恋の噂《うわさ》の立つことを、男のために恐れた女が、笠を探しあぐねているとする説（【付録エッセイ】参照）、笠を探すのは若い男女のデートの口実であって、月明かりの河原を（あるいは舟上にいて）二人で語り合いながら明かしたロマンティックな一夜をうたったものとする説（武石彰夫／新間進一）、恋人の笠を保持することによってもう一度その持ち主に会えると信じた女が、一人で懸命にその笠を探し求めたとする説（馬場光子）、笠を探していたので、心ならずも女を訪ねられなかったという男の弁解の歌とする説（浅野建二）、その言い訳を繰り返して、女が男をからかっていると解する説（吾郷寅之進《あごうとらのしん》）などなど。

繰り返しを多用する律調はいかにも軽やかで、どことなく滑稽であり、ほのかなからかいの気分が含まれているように思われる。これまでに提出されている説の中では、女のもとを訪ねなかった男の言い訳を、女がからかいながらもう一度繰り返しているというような解釈が最も説得力のあるものと考えるが、さて、読者の皆さんはいかがであろうか。

【補説】賀茂川はかってしばしば氾濫をおこした。『平家物語』巻一・願立《がんだて》によれば、白河院は自らの心に従わぬものとして「賀茂川の水　双六《すごろく》の賽《さい》　山法師《やまぼふし》」の三つをあげたという。また、一方、和歌においては、上賀茂社、下鴨社との関わりから、しばしば厳かな神々しい風景の中に賀茂川が詠み込まれたり、祓え、禊ぎの場所として歌われたりした。荒々しい川、あるいは荘厳な神の川としてとらえられていた川をめぐって、今様は恋のかけひきを軽やかにうたう。文学的伝統や約束事を軽々と越えてしまうところも今様の面白さの一つといえるだろう。

19

御馬屋《みまや》の隅《すみ》なる飼猿《かひざる》は　絆《きづな》離れてさぞ遊ぶ　木に登り

常磐《ときは》の山なる楢柴《ならしば》は　風の吹くにぞちうとろ揺《ゆ》るぎて裏返《うらがへ》る

【出典】梁塵秘抄・四句神歌・雑・三五三

お馬の小屋の隅にいる飼猿は、綱を離れてあんなに遊んでいるよ、木に登ってね。常磐の山の楢の葉は、風が吹くとチウトロと揺れて裏返るのさ。

貴族か武士の広い屋敷の様子を、背後の常緑樹が茂る山の風景とともにうたった一首。すぐ前に置かれた「上馬《じやうめ》の多かる御館《みたち》かな　武者《むさ》の館《たち》とぞ覚えたる　呪師《じゆし》の小呪師《こずし》の肩踊り　巫《きね》は博多の男巫《をとこみこ》」（三五二）は、立派な馬がたくさんいる武士の邸宅を描き、広大な庭で繰り広げられる芸能に焦点を当てているが、当今様は、その連作とも見られる。

厩舎《きゆうしや》に猿を飼うと、馬の病気を防ぐと信じられ、「石山寺縁起絵《いしやまでらえんぎえ》」「一遍《いつぺん》

【語釈】○常磐の山―常緑樹が茂る山。京都市右京区常盤付近の丘を指す歌枕でもあるが、ここでは固有の地名ととらなくてもよいであろう。松などに代表される変わらぬ緑は、祝賀の気分を含んでおり、のどかで平和な屋敷とその主人を寿ぐ

聖絵《ひじりえ》」などの絵巻物を繙《ひもと》くと、厩舎の柱につながれた猿の姿が散見する。しかし当今様の猿は綱を離れて屋敷の庭の木に登り、自由に遊んでいるらしい。のどかでほほえましい風景である。猿は人間に近いこともあって最も擬人化されやすい動物といえようが、伝統的な和歌の世界では、木に登ったり、枝の間を器用に移動するといった猿の動きにはほとんど注意が払われていない。漢詩の影響から、もっぱら哀愁に満ちた鳴き声が聴覚的に表現され、猿の動きを「遊ぶ」ととらえる今様とは対照的である。

後半の楢についても、和歌においては、風や雨・霰《あられ》によって楢の葉がたてる音、あるいはその音から感じられる清涼感や寂寥感《せきりようかん》に中心があり、聴覚的な把握が主であって、この今様が「ちうとろ」という擬態語を使って、風に翻る楢の葉を視覚的にとらえるのとは異なっている。『梁塵秘抄』には、他にも、楢の葉の動きに注目し、「小楢葉《こならは》」を「よくよくめでたく舞ふもの」(三三〇)、「をかしく舞ふもの」(三三一)ととらえるものがある。このように、動植物の動きに興味を寄せ、その視覚的な面白さをうたうのは、今様の一つの特徴といえる。

ことにもなっている。○楢柴―コナラの異名。ブナ科の落葉高木で、各地の山野に生える。「楢」は広義では、コナラ、ミズナラ、ナラガシワなどの総称であり、狭義ではコナラをさす。その区別は必ずしも厳密でないので、ここでは、「楢」「小楢」「楢柴」を同じものとして扱う。

20

遊びをせんとや生《う》まれけむ　戯《たはぶ》れせんと生《む》まれけん
遊ぶ子どもの声聞けば　わが身さへこそ揺《ゆ》るがるれ

【出典】梁塵秘抄・四句神歌・雑・三五九

遊びをしようとしてこの世に生まれてきたのであろうか、戯れをしようとして生まれてきたのであろうか、一心に遊んでいる子どもの声を聞くと、私の体まで自然に動き出してくることだよ。

子どもの遊びに引き込まれていく大人の感慨をうたった一首。子どもたちの遊ぶ姿をほほえましく眺めているうちに、自分もうきうきと楽しくなってくるという経験は、多くの大人が持っているものであろう。

遊女を主体とみて、無邪気な子どもに対置される罪深いわが身を、身を揺るがすような悔恨をもって見つめているとする説（小西甚一）や、そのような罪業観からは離れるものの、子どもの遊びを契機にして遊女がわが身の生業である歌舞に引き込まれていくとする説（西郷信綱）もあるが、軽やかな繰り返しの律調からは、少なくとも、罪深い生活を悔いるといった暗さは受け取りにくいように思われる。主体を遊女に限定するべき強い根拠は見出しにくく、ある程度の年齢を重ねた大人一般の感慨と見ておきたい。

当今様は『梁塵秘抄』中、最も著名なもので、斎藤茂吉《さいとうもきち》や北原白秋《きたはらはくしゅう》、古泉千樫《こいずみちかし》など、多くの歌人がこの今様に触発された短歌を作っている。

うつつなるわらべ専念あそぶこゐ巌《いは》の陰よりのび上り見つ（茂吉）

一心に遊び子どもの声すなり赤きとまやの秋の夕暮れ（白秋）

おもてにて遊ぶ子供の声きけば夕かたまけてすずしかるらし（千樫）

近年亡くなった作家・演出家久世光彦《くぜてるひこ》の遺稿集も『遊びをせんとや生れけむ』*という題であった。作者は、〈遊び〉には危険と恥とある苦さがつきまとうものだとし、それでも今なお、色々な遊びに夢中になって時を過ごしながら、言い訳のようにこの今様の文句を呟くと記す。本書に満ちあふれる、〈遊び〉に打ち込んだ日々の輝きは、ほろ苦さを含みながら、当今様の一節と美しく響き合っている。

＊『遊びをせんとや生れけむ』―文藝春秋　二〇〇九年八月。『オール讀物』二〇〇五年二月号〜二〇〇六年三月号に同題で連載したもの。

21

嫗《おうな》の子どもの有様《ありさま》は　冠者《くわざ》は博打《ばくち》の打ち負けや　勝つ世《よ》なし
禅師《ぜんし》はまだきに夜行《やかう》好むめり　姫が心のしどけなければいとわびし

【出典】梁塵秘抄・四句神歌・雑・三六六

ばばの子どもたちの有様といったら、冠者《かじゃ》は博打で負け通しでね、勝つ時なんかありやしない。禅師はほんの子どもなのに、夜遊び好きのようなのさ。姫の気持はだらしがないから、まったくもってつらいことだよ。

【語釈】○嫗―老女。「翁《おきな》」の対。ここでは自分のことを指していう。

放埒《ほうらつ》な三人の子を案じる年老いた母の嘆きをうたう一首。「冠者」はもともと元服をして冠を着けた少年の意だが、転じて広く若者を指す。老女の長男であろう。「禅師」は僧侶の称であり、ここでは僧体になっている次男をいうか。「まだし」はその時期に達しない、という意味で、夜歩きばかりしている息子に対して、「年端《としは》もゆかぬのに」と、母の嘆きが強調されている。「姫」は本来、貴人の娘をいうが、ここは末娘をいうのであろう。「しどけなし」はだらしがない、の意で、ここでは男性関係の乱れを指すものと思われる。

『梁塵秘抄』では、当今様の前に、次の二首が置かれている。

*わが子は十余《じふよ》になりぬらん　巫《かうなぎ》してこそ歩《あり》くなれ　田子《たご》の浦に潮《しほ》踏むと
いかに海人集《あまびとつど》ふらん　正《まさ》しとて　問ひみ問はずみなぶるらん　いとほし
や（三六四）

*わが子は二十《はたち》になりぬらん　博打してこそ歩くなれ　国々の博堂《ばくだう》に　さ
すがに子なれば憎《にく》かなし　負《ま》かいたまふな　王子《わうじ》の住吉西宮《すみよしにしのみや》（三六五）

これらは、何らかの事情で生き別れになった子を思う歌である。前者の子は歩き巫女となって、後者の子は博打うちとなって漂泊の旅の空にあるらしい。漁師たちになぶりものにされている娘を想像しては嘆き、やくざ者の息子でも博打の勝負運を神に祈らずにはいられない親の情が切ない。

遠くにいるわが子の噂を聞いて、身の上を案じる親心もあわれであるが、子どもたちは手元にいるにもかかわらず、その無軌道な生活ぶりに対してなすすべもないこの今様の老母の嘆きは、一層痛切に響いてくる。

*わが子は十余に……―わが子はもう十余歳になったことだろう。巫女をして歩いていると聞く。田子の浦のあたりをさすらっているとか。どんなにか多くの漁師が集まってくることだろう。わが子の占いが当たっていると言ってあれこれ口を出しては、なぶりものにしているだろう。かわいそうなことよ。

*わが子は二十に……―わが子はもう二十になったことだろう。博打をして歩いていると聞く。諸国の博打場をめぐっているとか。やくざ者でもやはりわが子、憎くはない。どうかわが子を勝負に負けないようにしてやってください。王子の宮、住吉、西宮の神々よ。

22

小鳥の様《やう》がるは　四十雀《しじふからめ》鶸鳥《ひはどり》　燕《つばくらめ》　三十二相《さんじふにさう》足らうたる啄木鳥《てらつつき》
鴛鴦《をし》鴨鴗《そひ》鳰鳥《にほどり》川に遊ぶ

【出典】梁塵秘抄・四句神歌・雑・三八七

小鳥の中で一風変わっていて面白いのは—四十雀《しじゆうから》、鶸《ひわ》、燕《つばめ》、三十二相《さんじゆうにそう》をそなえている啄木鳥《きつつき》。鴛鴦《おしどり》、鴨、翡翠《かわせみ》、かいつぶりは川に遊ぶよ。

鳥尽くしの一首。「様がる」は風変わりで面白そうだ、の意だが、『梁塵秘抄』には「様がる滝」（三一四）、「ふしの様がるは」（三八二）、「山の様がるは」（四三〇）、「法師博打《ほふしばくち》の様がるは」（四三七）、「この巫女《みこ》は様がる巫女よ」（五六〇）など、例が多い。何か変わった面白そうなものへの旺盛な好奇心は、今様という流行歌謡*の性格をよく表していよう。『枕草子』には「鳥は」の章段があり、否定的評価を与えられているもの

【語釈】○鶸鳥—金翅雀とも書く。ふつう真鶸《まひわ》をいう。○啄木鳥—きつつきの異称。○鴗—そにどり。翡翠《かわせみ》の異称。○鳰鳥—かいつぶりの異称。

＊流行歌謡の性格—馬場光子「梁塵秘抄今様「様がるは」」

も含めて十八種類の鳥の名前があげられているが、当今様と重なるのは、鶉鳥と鴛鴦だけである。『枕草子』が長い評を付し、和歌にも頻繁に詠まれている鶯《うぐいす》・時鳥《ほととぎす》について、当今様が全くふれていないのも興味深い。文芸の世界であまりにも頻繁に取り上げられているものはあえてはずす、というのが今様の目指すところであったのだろう。

この今様で重みを持たされているのは、「三十二相足らうたる」で形容されている啄木鳥らしい。なぜ、啄木鳥が三十二相*（仏の体が備えている三十二の具体的な特徴）を具足しているとされたのかははっきりしないが、藤原家隆《いえたか》の家集『壬二集《みにしゅう》』には「ふりにける森の梢にうつりきてあかずがほなる啄木鳥《てらつつき》かな」とあり、飽きもせずにせっせと木をつつく啄木鳥は、いかにも人間の感情移入を誘うものであった。藤原実資《さねすけ》の日記『小右記《しょうゆうき》』寛和《かんな》三年（九八七）正月六日条には「啄木舞」という舞の名も見え、高い木の枝に登って舞う舞があったらしい。一般に鳥といえば飛翔のさまを連想するが、啄木鳥は空を飛ぶことに加えて、木を素早くつつきながら、その周囲を器用にめぐることができる。その優れた身体能力への関心が、「三十二相」のたとえを導き、また、「啄木舞」を生んだものであろう。

考」（『歌謡　雅と俗の世界』和泉書院　一九九八年）。

*三十二相を具足―聖徳太子に討たれた物部守屋《もののべのもりや》の怨霊が啄木鳥となり、太子の建立した四天王寺をつつきこわしたという伝説と、守屋を地蔵菩薩の生まれ変わりとする伝説を重ね合わせて、守屋を媒介に啄木鳥から地蔵菩薩が連想され、そこからさらに仏の三十二相が連想されたとする説、「てらつつき」の「寺」から仏の三十二相が連想されたとする説、木をつつく音を三十二相の一つである梵《ぼん》声《じょう》相《そう》（仏教を守る神・梵《ぼん》天《てん》のように五種の音声を出す）と対応させる説などがある。

23

**淡路《あはぢ》の門《と》渡る特牛《ことひ》こそ　角《つの》を並べて渡るなれ　後《しり》なる牝牛《めうし》の産む特牛
背斑小牝牛《せまだらこめうし》は今ぞ行く**

【出典】梁塵秘抄・四句神歌・雑・三九〇

淡路の川門《かわと》を渡る特牛《ことい》の群れは角を並べて渡るのだ。後ろの牝牛の産んだ特牛の牛、背が斑になった小牝牛は今こそ行くのだよ。

【語釈】○特牛―力が強く重荷に堪える牛。

川を渡って、おそらくは都へ運ばれていく牛の群れをうたった一首。「淡路の門」は淀川の河口に近い淡路の川門。「門」は、両側に岸や山が迫って狭くなった場所の意で、従来、淡路島と本州の間の明石海峡を指すかと考えられてきたが、牛の群れが海を渡るのは不審であり、五味文彦が指摘したように、川幅の狭くなったところと見るのがよいであろう（『梁塵秘抄のうた[*]と絵』）。牧歌的な印象がある一方で、愛育した子牛を親牛とともに手放さな

＊梁塵秘抄のうたと絵―文春新書　二〇〇二年。

ければならない牧人《ぼくじん》の嘆きもうかがえよう。小学校の音楽の教科書にとられて著名な「ドナドナ」*と一脈通じるような趣がある。

　ある晴れた昼下がり　市場へ続く道
　荷馬車がゴトゴト　子牛を乗せて行く
　かわいい子牛　売られて行くよ
　悲しそうなひとみで　見ているよ
　ドナ　ドナ　ドナ　ドナ　子牛を乗せて
　ドナ　ドナ　ドナ　ドナ　荷馬車がゆれる

　もともと、「ドナドナ」はユダヤ人の歌で、ひかれてゆく子牛がユダヤの*人々の宿命の暗喩であるとする説があり、同列には並べられないが、牛を見る者がその牛に深く心を寄せているさまは、当今様と共通するものであろう。
　近年でも、二〇一〇年四月十一日の朝日歌壇に「ふり向く牛ふり向かぬ牛どちらをも送りて友はしばし動かず（高崎市）野尻ようこ」が載り、選者佐《さ》佐《さ》木《き》幸綱《ゆきつな》は、「食肉用の牛の出荷場面だろう。毎回このように送り出しているのだろう」と評している。牛を育て、送り出す人の誇りと悲しみの普遍性を思う。

*「ドナドナ」―歌詞の引用は、松山祐士編『小学生の音楽　5・6年生』（ドレミ楽譜出版社　二〇一〇年）による。

*ユダヤの人々の宿命の暗喩であるとする説―細見和之『アドルノ―非同一性の哲学―』（講談社　一九九六年）。

舞へ舞へ蝸牛《かたつぶり》　舞はぬものならば　馬《むま》の子や牛の子に蹴《く》ゑさせてん
踏み破《わ》らせてん　実《まこと》に美しく舞うたらば　華《はな》の園《その》まで遊ばせん

【出典】梁塵秘抄・四句神歌・雑・四〇八

舞え舞え蝸牛《かたつむり》よ。舞わないならば馬の子や牛の子に蹴らせちゃうぞ、踏み破らせちゃうぞ。本当にかわいらしく舞ったならば花園にまでも遊ばせてあげよう。

蝸牛が身を殻《から》から出し、触角を出し入れする様子を「舞ふ」と表現し、蝸牛に呼びかける一首。虫への呼びかけの表現、さらに、言うことをきかなければ罰を、言うことをきけば褒美《ほうび》を与えるとする表現は、後の伝承童謡*にも多く見られる形式である。

でんでんご　でんでんご　早よ起きて水くめ　お前の家が焼けるぞ（香川）

*伝承童謡―歌詞の引用は、北原白秋編『日本伝承童謡集成　第二巻　天体気象・動植物唄篇』（三省堂　一九四九年）による。

角出せ　棒出せ　まいまいつぶり　裏に喧嘩がある（東京）
蝸牛《みょう》　みょう　角出せ　角出さにゃ　家毀《こわ》す（新潟）
蝸牛《でんで》こない　出やっせ　早よ出やな　角折るぞ（三重）
ちんなんもう　ちんなんもう　米搗ち見《ちみ》しらば　飛《とう》ん出《じ》りよー（沖縄）
蝸牛《べこ》　べこ　角出せ　生味噌《なまみそ》　食《か》せるぁ（青森）
蝸　牛《めえめえこんしょ》　角出せ　粉糠《こぬか》三升やろに（愛知）
でんでんむしむし　角出せ槍出せ　蓑と笠を買うてやろ（岡山）

火事や喧嘩であわてさせるもの、家（殻）を毀す、角を折るなどと脅《おど》すもの、米搗《こめつ》きや生味噌など面白いものや美味しいもので誘うものなどがあるが、これらと比較すると、（角、槍などを）「出せ」とする後代の童謡に対して、今様は「舞え」とうたい、殻を破るのは馬や牛の「子」であるところがほほえましい。褒美にしても「米搗き」や「生味噌」「粉糠」「蓑笠」に対して花園での遊びを出す点、相対的に優しく典雅な趣が感じられる。なお、狂言「蝸牛《かぎゅう》」では、藪で寝ていた山伏《やまぶし》を蝸牛と間違えた太郎冠者が、山伏に教えられるままに「雨も風も吹かぬに、出ざかま打ち破ろう」と囃《はや》す。出てこなければ殻を打ち破るという脅し型の囃子物《はやしもの》で、当今様の前半と重なる。

聖《ひじり》の好むもの　比良《ひら》の山をこそ尋ぬなれ　弟子《でし》やりて　松茸《まつたけ》平茸《ひらたけ》
滑薄《なめすすき》　さては池に宿る蓮《はす》の蕊《はひ》　根芹《ねぜり》根蓴菜《ねぬなは》　牛蒡《ごんばう》河骨《かはほね》独活《うど》蕨《わらび》土筆《つくづくし》

【出典】梁塵秘抄・四句神歌・雑・四二五

修験者の好むものは—比良の山をこそ探したことだ、弟子を遣って。探し当てたものは、松茸、平茸、滑薄、それから池に生えている蓮の蕊《はい》、根芹、根蓴菜《ねぬなわ》、牛蒡《ごぼう》、河《こう》骨《ほね》、独活、蕨、土筆《つくし》。

聖の好むもの尽くし。まず、三種の茸《きのこ》があげられ、山菜の名前が続く。滑薄は榎茸《えのきだけ》の異称、蓮の蕊は蓮根の古称、根芹は芹の異称、根蓴菜はじゅんさいの異称である。＊茸と聖や僧は関係が深く、『今昔物語集』や『宇治拾遺物語』『沙石集《しゃせきしゅう》』などの説話集には、茸に当たって死んでしまったり、死ぬはずが助かったり、死後、茸に生まれ変わったりする僧の話が散見する。中国に目を向けると、唐代の小説『＊冤債誌《えんさいし》』には次のような話が見える。

【語釈】○聖—修験者、苦行する僧。○比良の山—滋賀県琵琶湖西岸の山。

＊茸と聖や僧—小峯和明『説話の森—中世の天狗からイソップまで—』（岩波現代文庫　二〇〇一年）。

＊冤債誌—唐の呉融《ごゆう》撰。前

徽州《きしゅう》の汪《おう》氏の墳墓を二十年間守っていた僧がいた。その遺骸を葬った跡に多くの茸が生えてきた。この茸は大変美味《びみ》で、いくら採っても次々生えてくる。汪氏は盗まれるのを恐れて周囲に垣根を作った。隣人が、夜ひそかに垣根を越えて中に入り茸を採ろうとすると、茸の生えていた木が話し出す。「この茸はお前が食べられるようなものではない。無理に採れば必ず災いを受けるであろう。私は昔の庵主であるが、修行もせずただ布施を受けるのみだったため、死後に罰を受け、茸となって生前の償いをしなければならなくなった。この茸の美味なのは、私の精血の化するところだからである。しかし、その償いもすでに終わったので、そろそろここを立ち去るつもりだ。」隣人が驚いて汪氏に告げたので、汪氏が見に行ってみると、確かに茸は一つ残らずなくなっていた。

僧の精血の化した茸とはいささか気味が悪いが、聖の超人的な力と茸の不思議な力（いくら採っても次々生えてくる、一夜にして姿を消す、種類によっては毒を持つ、など）とが通い合い、当今様も単なるもの尽くしに終わらない力を宿しているように思われる。

世の「債《さい》」（清算を果たすべき貸借関係）を償うという小話を数編集めたもの。

26

山の様《やう》がるは　雨山《あめやま》守山《もるやま》しぶく山　鳴らねど鈴鹿山《すずかやま》
播磨《はりま》の明石《あかし》のこなたなる　潮垂山《しほたれやま》こそ様がる山なれ

【出典】梁塵秘抄・四句神歌・雑・四三〇

山の中で一風変わっていて面白いのは—雨山、守山、しぶく山。鳴らないけれど鈴の名を持つ鈴鹿山。播磨国の明石のこちら側にある潮垂山《しおたれやま》こそは風変わりで面白い山だよ。

山の名にちなむ言葉遊びからなるもの尽くしの一首。鈴鹿山以外は、「雨」「漏る」「しぶく」「潮垂れ」と水に深く関わる名前になっている。鈴鹿山についても、和歌において「鈴」との縁で「振る」とともに詠まれることも多いため、その「振る」から「(雨が)降る」が連想されるとする説(荒井源司)がある。所在のよくわからない山もあるが、実際に山のある場所やその実景よりも、名前の面白さに重点があるのは明らかであり、たとえば「守

【語釈】○様がる—22歌解説本文参照。○雨山—未詳。『能因歌枕《のういんうたまくら》』の山城国(京都府)の名所に「あめ山の森」があり、『夫木和歌抄』には三河国(愛知県)の「雨山」の例がある。○守山—近江国(滋賀県)守山市。『古今集』二六〇に紀

山」は山の名ではなく、宿駅の名であるが、「山」を含むことに着目したものらしい。こうした言葉遊びの歌においては、その山が実在するかどうかすらたいして問題にはならないのだろう。鳴らないのに「鈴」鹿山、というような名実そぐわぬ例をあげてそれを面白がるのは今様の一つの型で、「常に消えせぬゆきの島」（一六・壱岐《ゆき》の島は雪といっても常に存在していて消えることがない）、「巫鳥《しとと》といへど濡れぬ鳥かな」（一六・しとと―びっしょり、という名を持つのに巫鳥は濡れない鳥だ）、「高砂《たかさご》の高かるべきは高からでなど比良《ひら》の山高々高《たかだかたか》と高く見ゆらん」（四六六・高砂は名前からして高くあって当然なのに高くなく、平《ひら》という名の比良山は、どうして高く高く高く、高く見えるのだろう）といった例がある。

『枕草子』「山は」の章段には、小暗《をぐら》山、鹿背《かせ》山、御笠《みかさ》山、木《こ》の暮《くれ》山、入立《いりたち》の山、忘れずの山、末《すえ》の松山、方去《かたさ》り山、五幡《いつはた》山、帰《かへる》山、後瀬《のちせ》の山、朝倉《あさくら》山、大比良《おほひれ》山、三輪《みわ》山、手向《たむけ》山、待兼《まちかね》山、玉坂《たまさか》山、耳成《みみなし》山があげられているが、当今様の素材とは一切、重ならない。歌枕を中心にあげる『枕草子』に対し、当今様は、言葉遊びの面白さを中心にして一首を構成しているため、それも当然のことといえよう。

貫之が守山のあたりで詠んだという和歌が見える。○しぶく山―未詳。「しづく山」の誤りかとして、『能因歌枕』の常陸国（茨城県）の「しづく山」をあてる説、『夫木和歌抄』に見える近江国（滋賀県）の「しづく山」をあてる説がある。○鈴鹿山―伊勢国（三重県）と近江国（滋賀県）の境をなす山脈。○潮垂山―未詳。『八雲《やくも》御抄《みしょう》』『夫木和歌抄』は美作国（岡山県）とするが、兵庫県の明石の「こなた」―こちら側、すなわち京都寄りとはいえない。「こなた」を「かなた」（あちら側）の誤りと見る説もある。また、美作国の側に身を置いての作とする説もある。

27

讃岐《さぬき》の松山《まつやま》に　松の一本歪《ひともとゆが》みたる　捩《もぢ》りさの捩《すぢ》りさに
猜《そね》うだるかとや　直島《なほしま》の　さばかんの松をだにも直さざるらん

【出典】梁塵秘抄・四句神歌・雑・四三一

讃岐の松山に、松が一本歪んで立っている。身をねじりひねりして悔しがっているとか。直島《なおしま》という名前があるのに、どうしてそれくらいの松さえ直さないのだろうか。

【語釈】○讃岐の松山―讃岐（香川県）の松山は、崇徳院配流の地。○捩りさの捩りさ―身をねじりくねらせるさま。○猜うだる―「猜みたる」の音便。「猜む」は憎む、恨むの意。

崇徳《すとく》院をめぐる時事批判の歌。崇徳天皇は、鳥羽院の後を継いで皇位についたが、白河法皇の没後、鳥羽院と美福門院《びふくもんいん》の間に体仁《なりひと》皇子（後の近衛天皇）が生まれると、鳥羽院は崇徳天皇に譲位をせまる。近衛天皇が幼くして亡くなると、それは崇徳院・藤原頼長《よりなが》らの呪詛のせいだとの世評が流れた。そのため、崇徳院の皇子である重仁《しげひと》皇子は即位できず、皇位についたのは、崇徳院の弟にあたる後白河天皇であった。こうして、鳥羽院・後白河天皇方と崇徳院方との対立は深まり、鳥羽院の没後、*保元《ほうげん》の乱がおこるに至ったが、崇徳院方は敗北し、院は讃岐に流されることになった。『保元物語』金刀比《ことひ》羅《ら》本によると、崇徳院は、讃岐の松山から直島に移され、さらに鼓岡《つづみのおか》に*移されている。「松山」「直島」の地名がうたい込まれた当今様において、ゆがんだ松は院の怨念のすさまじさを巧みに表現しているといえよう。さらに、この今様は、ゆがんだ松を直そうとしない者たち、すなわち、崇徳院に冷酷な仕打ちをし続ける後白河院方にまで諷刺が及んでいると見ることができる。

長寛《ちょうかん》二年（一一六四）、崇徳院は讃岐の配所で悲劇の生涯を閉じるが、その後、しばしば怨霊として発動し、都の人々を恐怖におとしいれた。建久《けんきゅう》二年（一一九一）、後白河院が病に倒れた時には、崇徳院の怨霊をなだめるべくさまざまの手段が尽くされたが、その甲斐もなく、翌年三月、後白河院は絶命する。崇徳院怨霊はその復讐を遂げたことになるのである。上田秋成《うえだあきなり》の『雨《う》月《げつ》物語』「白峯《しらみね》」に登場する崇徳院の亡霊は、膝もとに鬼火を伴い、乱れた髪に手足の爪が獣のごとくのびているという恐しい姿で描かれるが、それにはるかに先行する当今様の表現も、崇徳院の恨みの激しさをあますところなく伝えてみごとである。

*保元の乱―保元元年（一一五六）におこった内乱。崇徳院・藤原頼長・源為義《ためよし》・平忠正《ただまさ》らの側と、後白河天皇・藤原忠通《ただみち》・源義朝《よしとも》・平清盛《きよもり》らの側が対立し、崇徳院側の敗北に終わった。

*移されている―崇徳院の配所移転に関する諸本比較は水原一によって整理されている（『平家物語の形成』加藤中道館　一九七一年）。これによると、若干の異同はあるが、松山・直島の地名は、鎌倉本、古活字本、半井《なからい》本ともに見える。

28

ゐよゐよ蜻蛉《とうばう》よ　堅塩《かたしほ》参らん　さてゐたれ　働かで　簾篠《すだれしの》の先に

馬《むま》の尾縒《よ》り合はせてかい付けて　童《わらはべ》冠者《くわざ》ばらに繰らせて遊ばせん

【出典】梁塵秘抄・四句神歌・雑・四三八

じっとしているんだよ、蜻蛉《とんぼ》よ。堅塩《かたしお》をあげよう。だからじっとそのままでいて、動かないでね。篠竹の先に馬のしっぽの毛を縒り合せて、そこに蜻蛉をくりつけ、子どもや若者たちに繰らせて遊ばせよう。

蜻蛉とりに関わる童謡風の歌。前半部分は蜻蛉をとらえようとする子どもが蜻蛉へ呼びかけたような表現、「簾篠の先に」以下の後半部分は、とらえた蜻蛉で子どもたちを遊ばせてやろうという大人の側からの表現になっている。蜻蛉で遊ぶ子どもたちへのあたたかい目は加賀千代女《かがのちよじょ》（一七〇三〜一七七五）の名句「蜻蛉釣今日はどこまで行つたやら」*を思い起こさせる。「冠者」は元服をして冠をつけたばかりの若者。前半部分は蝸牛の今様（24歌参照）と同

*蜻蛉釣…──『俳家奇人談』（一八一六年）が千代女の句とするが、実は確証はな

じく、褒美（ここでは堅塩）が提示されている。後の伝承童謡*にも同じような型が見られ、塩は、さまざまな飲み物や食べ物に変化している。

蜻蛉《あけず》　蜻蛉　お茶飲ませっから　垣の木さ　とうまれ（宮城）
とんぷ　とんぷ　飛んで来い　粟《あわ》の御飯を煮てやるに（長野）
蜻蛉《たんぼ》　蜻蛉とまれ　明日の市に飴《あめ》買うてとらしょう（石川）
蜻蛉《たんぼ》来い　虻《あぶ》くれる（石川）
とんぼとまれ　魚《とと》の菜《さい》で飯《まま》くわす　とんぼとまれ（大阪）
とんぼ　とんぼ　とんぼ　止まれ　塩焼いて食わそ（兵庫）
とんぼ　とんぼ　止まれ　揚《あ》げ買うてくわす（広島）
とんぼ　とんぼ　おとまり　明日の市で塩買うて　ねぶらしょ（高知）
ねんばあじょ　とまれいじょ　蠅《はえ》打っち食わしゅうで（長崎）

当今様において、蜻蛉への褒美に塩が提示されたのは塩辛蜻蛉《しおからとんぼ》からの連想であろうか。後世の童謡であげられる現実的な餌（虻・蠅）や全く人間の食べ物といってよいもの（粟の御飯・魚の菜・揚げ）とは異なり、清めに用いられるなどある神聖さをも漂わせる塩が持ち出されているところに、古風な趣が感じられる。

い。なお、「わが子を失ひける時」としてこの句が引かれていることから、本当は子どもの死という悲痛な出来事を蜻蛉釣に行ってまだ帰らないというたとえで詠んだということになる。

＊伝承童謡―歌詞の引用は、北原白秋編『日本伝承童謡集成　第二巻　天体気象・動植物唄篇』（三省堂　一九四九年）による。

29

春の野に　小屋構《か》いたるやうにて突い立てる鉤蕨《かぎわらび》　忍びて立てれ　下衆《げす》に採《と》らるな

【出典】梁塵秘抄・二句神歌・四五一

春の野に、小屋を建てたように突っ立っている鉤蕨よ。こっそり立っておいで、卑しい男たちに採られるなよ。

蕨を擬人化して呼びかける一首。「鉤蕨」は頭が鉤状に曲がっているところからいったもの。蕨に少女をよそえたものとする説（荒井源司、新間進一、武石彰夫）、小屋の中のものを盗られるな、の意を掛けた言葉遊びの歌と見る説（榎克朗、上田設夫）がある。当今様の後に「垣越《かきご》しに見れども飽かぬ撫子《なでしこ》を　根ながら葉ながら風の吹きもこせかし」という一首が置かれており、『梁塵秘抄』の配列上は、植物に見立てた少女への愛着をうたう歌が

【語釈】○構いたる―「構きたる」の音便。「構く」は構築する意。

＊垣越しに…―垣根越しにいくら見ても見飽きないかわいらしい撫子を、根も葉もそっくり全部風がこちらに吹きよこしてくれればいい

並べられたものと見られる。さらに、「鉤蕨」の「鉤」は、戸締りの道具であり、盗む、盗まれるといった内容を連想させやすく、言葉遊びの要素も含んだ一首といえよう。『古今著聞集《ここんちょもんじゅう》』巻十二には、花山院家《かざんいんけ》の山の番をしていた縁浄《えんじょう》法師が、山の蕨がたびたび盗まれるのに閉口して「＊山守のひましなければ鉤蕨盗人《ぬすびと》にこそ今はまかすれ」という歌を詠んだ話が見える。また、『新拾遺集《しんしゅうい》』には「＊けふの日はくるる外山《とやま》の鉤蕨あけば又みんをり過ぎぬまに」（雑歌下・一九一四・知家《ともいえ》）とあるが、この和歌の「くるる」は「暮るる」と「枢《くるる》」の掛詞であり、扉を回転させる装置である「枢」と戸締りの道具である「鉤」を並べた面白さをねらっている。

蕨の独特で可憐な形は、人々の興味を引くものであったらしく、『和漢朗詠集』巻上「早春」所収の小野篁《たかむら》の漢詩では「紫塵《しぢん》ノ嫩《わか》キ蕨ハ人手《ひとて》ヲ拳《にぎ》ル」と、人の手を握った形にたとえられている。今様に先行する歌謡・催馬楽《さいばら》の「庭生《にはにおふる》」には、「庭に生ふる　唐薺《からなづな》は　よき菜なり　はれ　宮人《みやびと》の　さぐる袋を　おのれ懸《か》けたり」とあって、薺（ぺんぺん草）の三角形の実を、宮廷に仕える人がさげている袋に見立てている例がある。当今様とも共通する、植物への親愛に満ちた視線がよく表れていよう。

のに。

＊山守の……――いくら山の番をしても、蕨がこんなにどんどん盗まれてしまってはどうしようもない。今はもう鉤蕨のその鉤を盗人にまかせてしまうほかあるまい。

＊けふの日は……――今日の日はもはや暮れてしまった。外山の鉤蕨は、夜が明《あ》けたら（鉤が開《あ》けば）見ることにしよう。折り採る時期が過ぎてしまわないうちに。

30

波も聞け小磯《こいそ》も語れ松も見よ　われをわれと言ふ方《かた》の風吹いたらば
いづれの浦へも靡《なび》きなむ

【出典】梁塵秘抄・二句神歌・四五七

波も聞け、小磯も語れ、松も見るがいい、自分から進んでこの私を欲しいというような風が吹いてきたならば、どこの浦へなりとも靡いてゆこうよ。

海藻の独白の体にして、男の愛を求める女の情感をうたった一首。順徳院の著した歌論書『八雲御抄《やくもみしょう》』に、「今様に、松もきけ小磯もかたれと云々」とあり、「磯」の関連で引かれたものだが、順徳院にも強い印象を残していたらしいことがうかがわれる。当今様の主体をめぐっては、孤独に老いた遊女の感慨とする説（荒井源司、武石彰夫）、若くしなやかな女の思いとする説（新間進一）がある。前者とすれば、切羽詰った悲しみを、後者とすれば野心に満ちた情熱を感じさせ、歌の主体をどのような人物としてとらえるかによって趣が変わってこよう。年齢に言及せずに主体を遊女と見る説でも、「暗く激しい情念」（榎克朗）、「純真な女心」（上田設夫）と、とらえ方はさまざまである。いずれにせよ、激しい表現とは裏腹にどこか醒めた諦観を漂わせた一首であり、屈折した心をのぞかせている。

「＊わびぬれば身を浮草《うきくさ》の根をたえて誘ふ水あらば去《い》なむとぞ思ふ」（古今集・雑歌下・九三八・小野小町）、「＊恨みずや憂《う》き世を花の厭《いと》ひつつ誘ふ風あらばと思ひけるをば」（新古今集・春歌下・一四〇・俊成女）などと同想だが、当今様は、波、小磯、松といった水辺の景物を証人に仕立てて誓うような劇的な表現を持っており、自然への強い呼びかけは、たとえば、次のようなシェークスピア劇の一場面を髣髴《ほうふつ》させる。

　風よ、吹け、うぬが頬を吹き破れ！　幾らでも猛《たけ》り狂うがいい！　雨よ、降れ、滝となって落ち掛れ、塔も櫓《やぐら》も溺《おぼ》れ漂う程に！　胸を掠《かす》める思いの如く速《すみ》やかなる硫黄《いおう》の火よ、槲《かしわ》を突裂く雷《かみなり》の先触れとなり、この白髪《しらが》頭を焼き焦がしてしまえ！　……（中略）……俺は見事、こらえて見せる、何も口には出さぬ。（「リア王」第三幕第二場・福田恒存訳）

＊わびぬれば……――わび暮らしをしておりますので、わが身をつらく思っておりました。浮草の根が切れて誘う水があれば流れていくように、私を誘ってくださる方があるならば、都を去ろうと思います。

＊恨みずや……――私は恨まずにいられない、花が憂き世を厭い続けて誘う風があれば散ってしまおうと思っていたその心を。

31

つはり肴《な》に牡蠣《かき》もがな　ただ一つ牡蠣も牡蠣　長門《ながと》の入海《いりうみ》の

その浦なるや　岩の稜《そば》につきたる牡蠣こそや　読む文《ふみ》書く手も

八十種好紫磨金色《はちじふしゆがうしまこんじき》足《た》らうたる男子《をのこご》は産め

【出典】梁塵秘抄・二句神歌・四六一

悪阻《つわり》の時の食べ物に牡蠣が欲しいな。たった一つ牡蠣ならこんな牡蠣。長門の入り江のその浦にある岩の角についた牡蠣こそがね。そうすれば、読み書きに優れ、八十種好や紫磨金色を備えた仏様みたいに立派な男の子が産めるだろうよ。

悪阻の時の栄養食として、牡蠣をうたった珍しい歌謡。ただし、後世の田植えに関わる神事歌謡やその継承歌謡には類型的な表現を見出すことができ、たとえば、天保《てんぽう》十三年（一八四二）に一応の完成を見た土佐国の歌謡集『巷謡編《こうようへん》』の安芸《あき》郡土佐おどりに、「くきのお松らが悪阻 薬《くすり》は何々《なに》　磯《いそ》で磯物《いそもの》

【語釈】○長門―国名とすれば、今の山口県。広島県倉橋島をあてる説もある。倉橋島は古名長門島で『万葉集』巻十五に天平八年

山で当薬《とうやく》・蜜柑《みかん》・柑子《かうじ》・橘《たちばな》」とある。

歌人の塚本邦雄は、その評論*の中で当今様を取り上げ、「「山で当薬、蜜柑、柑子、橘」こそ、悪阻の最中にはふさはしい」とした上で、「「盃《さかづき》と鵜《う》の喰《く》ふ魚《いを》と女子《をんなご》は　法《はう》無きものぞ　いざ二人寝ん」（四八七）の今様と合わせて、「鵜が魚を呑む、人が盃を差す、男が女をものにする、それぞれに決つたルールがあるぢやなし、こうるさいことは言はず、さあ、一緒に寝ようよ。男は鮎を肴に存分酒を楽しみ、逞しい腕をぐいと伸ばして、女の肩を引寄せる。赤い夏の月が縺《もつ》れ合つた二人を照らす。そして秋の風吹く頃、女は急に嘔吐《おうと》を覚え、橘を欲しがるのだ」と、今様の歌詞を越えた物語展開を描いてみせている。悪阻の時の食べ物に焦点を当てた当今様は、歌人の想像力をかきたてる一首であったのだろう。さらに塚本は、中世歌謡の影響下に作った連作「*花曜《かよう》」において「はるかなるかな殃《わざはひ》　一つひとづまの柑子嚙みたる黄丹《わうたん》の口」と詠んでいる。

今様の影響を受けた塚本が、赤い月に照らされた不吉な感じの漂う物語を描き、新しい命の宿ったことを「殃」と表現するような暗い不信に満ちた歌を詠んだのに対し、当今様は、どこまでも明るい祝賀の気分にあふれている。

（七三六）遣新羅使一行が船を停泊させた場所として「安芸国長門島」が見える。○八十種好―仏や菩薩の備える身体上の八十種の特色。○紫磨金色―紫色を帯びた金で最上の黄金。仏の身は紫磨金色であるとされる。

*類型的な表現―志田延義は、類想の歌謡として、三河花祭の神楽「おつわり物のこと」や、『巷謡編』安芸土佐おどり、広島県田植歌などを指摘している（『日本歌謡圏史』至文堂　一九五八年）。

*評論―塚本邦雄『君が愛せし―鑑賞古典歌謡―』（みすず書房　一九七七年）。

*「花曜」―第六歌集『感幻楽』（白玉書房　一九六九年）所収。

32

東屋《あづまや》のつまとも終《つひ》にならざりけるもの故《ゆゑ》に
何《なに》とてむねを合はせ初《そ》めけむ

――（東屋《あずまや》の）妻とも終《つい》にならなかったのに、どうして胸を合わせ初めたのであろう。――

【出典】梁塵秘抄・二句神歌・四六四

不実な男との関係を後悔する女の歌。東屋は屋根を四方に葺《ふ》きおろした家。建物の「端《つま》」と「妻」、「棟《むね》」と「胸」を掛けた言葉遊びに、恨み言も軽やかさをまとう。「つま」は「夫」ととることもできるので、その場合、相手が夫とはならなかったのに、と解せる。「つま」を「夫」ととり、「胸を合はす」を「意気投合する」の意と解する説（小西甚一）もあるが、「胸を合はす」は「意気投合する」よりももっと直接的な表現であり、一首は体を許

【語釈】○東屋の―「端《つま》」にかかる枕詞。「棟」はその縁語。

したことを後悔している女の歌であると考えたい。
今様に先行する歌謡・催馬楽《さいばら》「東屋」に、

東屋の　真屋《まや》のあまりの　その雨《あま》そそき　われ立ち濡れぬ　殿戸《とのど》開かせ
鎹《かすがひ》も錠《とざし》もあらばこそ　その殿戸　われ鎖《さ》さめ　おし開いて来ませ　われや人妻《ひとづま》

と見える。これは、「雨のしずくで濡れてしまったから戸を開けておくれ」という男の呼びかけと、「掛け金や錠があるなら、戸を閉ざすけれど、そんなものはないのだから、戸を開けて入っていらっしゃい、私を人妻とでもいうの」と、積極的に応じる女の答えからなる歌謡である。この催馬楽は『源*氏物語』にも引用され、*和歌にも多く取り入れられた。広く知られた歌謡であり、この催馬楽によって「東屋」は恋の気分を濃厚に漂わせる素材となっていたらしい。当今様はさらに、「胸を合わす」という直接的な表現によって、官能性が高められている。

*源氏物語にも引用され―東屋の巻名のもとになった薫の歌は、この催馬楽をふまえた「さしとむる葎《むぐら》やしげき東屋のあまりほどふる雨そそきかな」という一首。紅葉賀《もみじのが》巻にも、光源氏と源《げんの》典侍《ないしのすけ》がこの催馬楽を口ずさみながら対話する場面がある。

*和歌にも多く取り入れられ―「五月雨《さみだれ》は真屋の軒ばの雨そそきあまりなるまで漏るる袖かな」（新古今集・雑歌上・一四九二・俊成）など。

33

神ならばゆららさららと降《お》りたまへ　いかなる神かもの恥ぢはする

【出典】梁塵秘抄・二句神歌・五五九

神でしたら、ゆららさららと降りてきてください。いったいどんな神が恥ずかしがって降りるのをためらうというのでしょうか。そんな神様はいませんよ。

巫女が神へ呼びかける形をとっているが、神に対して「もの恥ぢ」という人間くさい言葉を使っていることや、「ゆららさらら」という擬態語や反語を用いて諧謔《かいぎやくみ》味のある表現になっていることから、神降ろし*に難渋している巫女をからかった歌と見たい。神降ろしの歌の体をとりながら、遊女が男を誘う歌と見る説（武石彰夫）もある。

三島由紀夫は若き日の一時期、古代・中世の歌謡に強い興味を寄せていた

【語釈】○ゆららさらら―他に用例の知られない擬態語であるが、神の天降るさまを重々しくかつすみやかに、と威厳のあるさまと軽快なさまを合わせて表現したものと考えられる（植木朝子「今様―平安末期の新興歌謡―」『国文学』第五

が、大学在学中、いつ召集されるかも知れぬ追い詰められた状況の中で書いた作品「中世」において、当今様を引用している。二十五歳で他界した足利義尚《よしひさ》の魂を呼び寄せようと、父・義政《よしまさ》が八人の巫女に試させる場面である。

八人の巫子の内、第一夜の儀式に侍《はべ》つた四人からしてそのどれにも義尚公の霊は訪れず、つひに巫子たちは身悶《みもだ》えして胸乳《むなぢ》を露はにし、（それは笹にふりつむ雪のやうであつた。）他の巫子たちは狂気の音声《おんじやう》で「神ならばゆらゝさらゝと降りたまへ」と足踏みならして唱和したにも不拘《かかわらず》、忽《たちまち》ち奇異な魂が巫子を襲つて叫ぶことがあつた。

ここでは、巫女が神に対し、真剣に呼びかける歌として使われており、小説の設定上は、からかいの気分を含まないものになっている。

この今様は作家の興味を引くものであったのか、一九六三年十一月、日生劇場開場記念公演として初演された花田清輝《はなだきよてる》の戯曲「ものみな歌でおわる」でも、出雲の巫女「おくに」に当今様をうたわせている。神がなかなか降りてこないので、当今様が繰り返しうたわれ、ついにおくにが叫ぶ予言は、「でんでん虫々、かたつむり。お前のあたまは、どこにある。つのだせ、槍だせ、あたまだせ！」という滑稽味あふれるものであった。

十巻第四号　二〇〇五年四月）。

＊神降ろし—巫女が神や死者の霊を自らの身体に乗り移らせて、その言葉を伝える儀式や行為。

小磯《こいそ》の浜にこそ　紫檀《したん》赤木《あかぎ》は揺られ来《こ》で
胡竹《こちく》の竹のみ揺られ来《き》て　たんなたりやの波ぞ立つ

【出典】古今目録抄料紙今様・管絃（梁塵秘抄・四句神歌・雑・三四七にも）

小磯の浜には、恋するなと言われて紫檀や赤木は揺られて来ない。胡竹の竹ばかりが、こちらへやって来るとばかりに揺られ来て、タンナタリヤと笛の音を響かせながら波が立っていることよ。

【語釈】○紫檀―マメ科の高木。インド南部原産。材は床柱や家具に用いる。○赤木―花梨《かりん》など、幹が赤色を帯びる木の称。○たんなたりや―笛の譜を読むとき口に出す律調。

地名の「小磯」に恋するなの意の「恋ひそ」を掛け、竹の一種である「胡竹」にこちらへやって来る意の「此方来《こちく》」を掛ける。言葉遊びの面白さとともに、背景には漂着の竹で作った名笛の伝承があるものと思われる。狛朝葛《こまともかつ》（一二四七―一三三一）の著した楽書『続教訓抄《ぞくきようくんしよう》』には、「海人《あま》のたきさし」という笛について、次のような話が見える。

浜辺に流れ着いた胡竹を、海人が塩を焼くのに用いた。ある人がその焼け残りの竹で笛を作ったところ、大変優美な音がした。頭の方が少し焼けていて、ある説では、この笛は鳥羽院の＊御物《ぎょぶつ》であるという。

鳥羽院（一一〇三―一一五六）の御物にこのような笛があったとすると、今様のうたわれた時代と重なり、当時よく知られた、まさに今めかしい素材である笛をうたい込んだことになる。

胡竹は外来種の竹であり、当今様からは、遠い異国よりはるばる海を越えて流れ着いたものに対する浪漫や憧れが感じられよう。『梁塵秘抄』四〇一番歌冒頭に「こゆりさんの渚《なぎさ》には　金《かね》の真砂《まさご》ぞ揺られ来《く》る」と見えるのも同様の発想で、「こゆりさん」が何を指すかはっきりしないものの、黄金の砂が流れ着く岸辺のきらびやかな情景がうたわれている。古くは『日本書紀』に、推古天皇三年（五九五）四月、淡路島に漂着した香木・沈香《じんこう》が朝廷に献上された記事が見え、歌曲として親しまれる島崎藤村の「椰子《やし》の実」の冒頭にも「名も知らぬ遠き島より流れ寄る椰子の実一つ　故郷《ふるさと》の岸を離れて汝《なれ》はそも波に幾月《いくつき》」とある。

＊御物―天皇家の所蔵品をいう。「ぎょもつ」「ごぶつ」「ごもつ」などとも読む。

35

もろこし唐《たう》なる笛竹《ふえたけ》は　いかでかここまでは揺られ来《こ》し
ことよき風に誘はれて　多くの波をこそ分け来しか

【出典】古今目録抄料紙今様・管絃

大唐国《だいとうこく》、唐《から》にある笛竹はいったいどうやってここまで揺られ来たのだろうか。ちょうどよい風に誘われて、多くの波をかき分けかき分け来たのだろうよ。

前歌同様、中国から漂着した笛竹への興味をうたった一首。笛竹を擬人化し、その旅路を思いやっている。

この今様は広く流布したらしく、たとえば、『六百番歌合』*において藤原家房《いえふさ》は、「寄笛恋」の題で「はるばると波路《なみぢ》分け来《く》る笛竹をわが恋妻《こひづま》と思はましかば」という和歌を詠んで、藤原定家の和歌「笛竹のただ一ふしを契りとてよよの恨みを残せとや思ふ」に対し、勝をおさめている。家房の歌は、

【語釈】○もろこし―中国に対する古い呼称。

＊六百番歌合―藤原良経が主催した歌合。建久五年（一一九四）頃の成立で、判者は藤原俊成。

異国から流れ着いた笛竹に恋しい妻のイメージを重ねているが、判詞は「多くの波をこそは分け来しかなど云《い》ふ郢曲《えいきょく》の心にや」と、当今様を引用した作だろうと指摘し、「艶《えん》なるに似たるべし」として、優艶な趣があると好意的に評価している。慈円《じえん》の家集『拾玉集《しゅうぎょくしゅう》』にも、波に揺られ来た笛竹にわが身をひき比べる次のような和歌が見られ、作者・慈円が当今様に触発されて詠んだものと考えられる。

　揺られ来しそのもろこしの笛竹のみをふくほどのみと思はばや（竹）

　揺られ来るその笛竹もあるものをひとつ都にあふふしのなき（寄竹恋）

また、『*弁内侍《べんのないし》日記』には、建長《けんちょう》三年（一二五一）十一月の五節《ごせち》における*御前《ごぜん》の召《め》しで、複数の殿上人が「唐唐《たうたう》なる笛竹　この秋津洲《あきつしま》へ流れ来《こ》」と囃すと、藤原宗雅《むねまさ》が「竹になりて、伏して次第に流れ来るまねして侍りし」とあって、当今様に類するような歌謡に合わせ、横になって転がり、岸に流れ寄ってくる竹の様子を表した宗雅の行為が、座を大いにわかせたことが記されている。

*弁内侍日記―後深草院に仕えた女房・弁内侍の日記。
*御前の召し―天皇が一芸あるものを御前に召してその芸を御覧になる儀。

36

もろこし唐《たう》なる唐《たう》の竹　佳《よ》い節二節《ふたふし》切り込めて
万《よろづ》の綾羅《りようら》に巻き籠《こ》めて　一宮《いちのみや》にぞ奉《たてまつ》る

【出典】梁塵秘抄・四句神歌・雑・三八一

大唐国《だいとうこく》、唐《から》にあるその唐の竹。素晴らしい節を二節切り取って横笛に作り上げ、たくさんの綾織《あやおり》や薄物《うすもの》の絹にしっかり巻き包んで、一宮《いちのみや》にこそ献上したことだよ。

【語釈】○二節切り込めて―横笛を作る際は竹の二節を含めて切る。○綾羅―綾は地に斜めに交わる織文を織り出した絹。羅は網目状に薄く織った絹。ともに高級な絹織物。

中国産の竹を笛にして一宮に献上したことをうたう。「一宮」が何を指すかについては諸説あり、①諸国の第一位の格式の神社を指すとする説（小西甚一、新間進一）、②その時の第一皇子を指すとする説（榎克朗、上田設夫）、③堀河天皇の第一皇子である鳥羽天皇を指すとする説（荒井源司、武石彰夫）が提出されている。③説の根拠とされているのは、『源平盛衰記《げんぺいじようすいき》』巻十五「蟬折《せみおれ》の笛の事」に見える次のような話である。

鳥羽天皇の時代、唐土の国王から贈られた宝物の中に、漢竹の笛竹があった。竹の節が生きている蟬にそっくりの珍しいものであったため、鳥羽天皇は、三井寺で七日間祈りを捧げた上で笛に仕立てさせた。鳥羽殿で舞楽があった時、高松中納言実平《さねひら》がこの笛をたまわって吹くことになったが、音に張りがなかったので、膝の下に入れて温めてから取り出して吹こうとしたところ、笛がその行為をとがめたのか、実平の手から落ちて折れてしまった。このことがあってから、この笛を「蟬折」と名づけた。

①説を積極的に否定する理由はないが、唐土の笛で作った笛の話題が遠い昔のこととして、あるいは一般的な伝承としてではなく、現在の鳥羽天皇をめぐって語られるというような今めかしさが、今様のうたい出される契機となることは大いに考えられ、「一宮」を鳥羽天皇と見るのもさほど無理なことではあるまい。34歌「小磯の浜にこそ」の今様が、鳥羽院の御物とされる「海人のたきさし」の伝承を背景にしているとすれば、なおさらである。鳥羽院をめぐる中国由来の笛が、異国情緒に彩られてさまざまな今様にうたわれ、広くもてはやされたことが想像されるのである。

37

夏の初めの歌枕《うたまくら》　卯《う》の花《はな》撫子《なでしこ》菖蒲草《あやめぐさ》　有明《ありあけ》の月の曙《あけぼの》に　名乗りしてゆく時鳥《ほととぎす》

【出典】古今目録抄料紙今様・夏

夏の初めの和歌の素材としては—卯の花、撫子、菖蒲草、月が空にかかったまま夜が明けていく、その曙に名乗るように鳴いていく時鳥。

夏の景物を四つ並べたもの尽くし今様。三つの花の名前に対し、時鳥[*]については長い形容がつき、動きのある聴覚的表現として変化をつけている。夜が明けていくという時間の推移と時鳥の声が近づきまた遠ざかるという動きが重ねられて巧みな結句といえよう。

卯の花は空木《うつぎ》の異名。落葉低木で、初夏に白い花をつける。撫子は常夏《とこなつ》とも呼ばれ、淡紅色の花をつける草。菖蒲草は白や紫の花弁が垂れ下がる形の

【語釈】○歌枕—01歌解説本文参照。

＊時鳥—敦公・杜鵑・霍公鳥・子規・不如帰などさまざまに表記される。

花をつける草である。いずれも夏の歌材としてよく詠まれるものであるが、三者の詠み込まれた和歌を検討すると、卯の花が夏の景物そのものとして歌われることが多いのに対し、撫子や菖蒲草は夏の季節感を出しながら、人事により深く関わる形で恋や哀傷の歌にも多く詠まれるという違いがある。撫*でし子、常*（床）夏、*文目《あやめ》など、掛詞の使用により恋の気分を濃厚に持つ撫子・菖蒲草に、当今様では、有明・曙といった恋人たちの別れに関わる時間が重ねられ、恋愛の情緒が色濃く漂いはじめる。ところが、当今様の最後は歌い出しと呼応して、夏の代表的素材・時鳥で結ばれる。時鳥は夜鳴くことにかけて、恋歌に詠み込まれることもあるが、圧倒的に、その声*を夏の景物として愛された。

　すなわち、撫子・菖蒲草・有明・曙というような言葉の重なりで高められていた恋の情緒は、最後にふとはぐらかされることになる。「あやめぐさ」「ありあけ」「あけぼの」とア音を重ねる韻律からも、張りつめた雰囲気が作り出され、最後にそらされる面白さが増す。聞き手の和歌に関する知識教養に応じて、さまざまに楽しめるよう工夫された素材配列になっているのである。

＊撫でし子―撫でかわいがる子。特に、親に先立たれた遺児をさすこともある。また愛する女性をたとえていうことも多い。

＊常夏―常に夏である意。和歌では「常」に「床」（寝《ね》床《どこ》、寝所《しんじょ》の意）の掛けられることが多い。

＊文目―物事の論理的な筋道の意で、文目も知らぬ恋といった否定形で恋歌に多く詠まれる。

＊その声を夏の景物として―「夏の夜のふすかとすれば時鳥なく一声に明くるしののめ」（古今集・夏歌・一五六・紀貫之）など。

38

冬の初めの歌枕《うたまくら》　汀《みぎは》の鴛鴦《をしどり》薄氷《うすごほり》　梢《こずゑ》寂しき四方《よも》の山
天《あま》の原《はら》より降れる雪

【出典】古今目録抄料紙今様・冬

冬の初めの和歌の素材としては―水辺の鴛鴦《おしどり》、薄氷《うすごおり》、葉の落ちた木々の枝が寂しげな四方の山、天から降ってくる雪。

【語釈】○歌枕―01歌解説本文参照。

冬の景物を四つ並べたもの尽くし今様。結句の「天の原より降れる雪」は物理的には当然のことをいっていながら、和歌にはあまり見られない表現である。和歌で「天の原」とともに詠まれるものは、ほとんど月で、以下、霞、雲、日、天の川、星、雁、霧といった順で続く。これらのように見上げた天空いっぱいに広がり、ゆっくりとその高みを移動するものに対し、雨や雪が縦の方向、垂直方向に「天の原」から降ってくるという表現はあまり見られない。雪とともに詠まれる場合、「天の原」自体は、「天の原かきくらがりて降る雪をよめにはあかき月かとぞみる」（和泉式部《いずみしきぶ》集・七一）、「天の原空かきくらし降る雪におもひこそやれみよしのの山」（続千載《しょくせんざい》集・冬歌・六五九・祐子内親王家紀伊）のように、多く、かきくらすもの、雲に覆われるものとして表現されるのである。

　このような和歌表現から見ると、当今様の結句はやや意表を突くものである。結句に意外なものを持ってくるのはもの尽くし今様の工夫の一つであり、『梁塵秘抄』には、たとえば「*心凄《こころすご》きもの　夜道《よみち》船道《ふなみち》旅の空　旅の宿　木闇《こぐら》き山寺の経の声　思ふや仲らひの飽かで退《の》く」（四二九）といったものがあり、これは、修行僧的なことを主に述べてきて、結句で恋の話題に転じている。

　さて、この今様全体を見渡すと、汀《みぎわ》・氷という水辺から、梢、そして山へ視線が移動し、さらに空にまで視線が上昇し、「天の原より降れる雪」でそれが地上に戻ってくるという構成になっている。和歌の冬の素材としてよく詠まれるものを取り上げながら、視線の移動によって次々に素材配列を行った点に、この一首の工夫があるといえよう。

＊心凄きもの……心細く恐ろしいものは、夜道に船旅、旅の道中、旅の宿、木の生い茂った暗い山寺から聞こえる経の声、恋人同士が飽きたわけでもないのに、心ならずも離れ離れになる場合。

39

常にこがるるもの何　富士の嶺《ね》浅間《あさま》の嶽《たけ》とかや
須磨《すま》の浦なる海人《あま》小舟《をぶね》　われらが恋する胸もあるは

【出典】古今目録抄料紙今様・恋

常に焦がれるものは何？　富士山に浅間山、須磨の浦の漁師たちが乗っている小さな舟も漕がれるものだよ。そして私が恋するこの胸もあるよ。

【語釈】○こがる―火にあぶられて焦げる。また、胸の思いを燃やす、思い焦がれる。

こがれるもの尽くし。富士山は静岡県と山梨県との境にそびえる休火山だが、古代から平安時代にかけてはしばしば噴火した。浅間山は群馬県と長野県とにまたがる活火山で、今でも火山活動は続くが、平安時代の和歌でも噴煙に注目されている。いずれの山も、和歌においては、「思ひ」に「火」を掛けて恋歌に詠まれることが圧倒的に多い。「信濃なる浅間の山も燃ゆなれば富士の煙のかひやなからむ」（後撰集・離別・一三〇八・駿河）のように、

*信濃なる…―信濃に行く人に贈った薫物《たきもの》（くゆらせて用いる練り香《ねこう》）につけた和

代表的な火山として両者を取り合わせる例も見られる。
当今様の三句目は山から一転して、海辺の風景になる。須磨の浦は海人が塩を焼く場所としてのイメージが定着しており、焦がれるものとして、活火山の火から塩焼きの火がごく自然に連想されるが、すぐ後に「小舟」と続き、舟が「漕がれる」ことを導き出している。そして結句ではふたたび「焦がれる」ものとして、胸を焦がす恋の炎をうたうのである。「須磨の浦なる海人小舟」はその前に置かれた自然（火山）と後に置かれた人事（恋）をつなぐ働きをすると同時に、「焦がるる」を「漕がるる」とはぐらかしてまたもとに戻すという巧みな連結部になっている。「焦がるる」と「漕がるる」を掛けた恋の歌は、今様の流れをくむ室町小歌の中にも多く見られる。

身は近江舟《あふみぶね》かや　志那《しな》で漕がるる（閑吟集・一三〇）

身は鳴門舟《なるとぶね》かや　阿波《あは》で漕がるる（閑吟集・一三二）

前者は、支那の港で漕がれる近江舟を、死なないで恋い焦がれているわが身にたとえ、後者は、阿波の海で漕がれる鳴門舟を、逢わないで思い焦がれているわが身にたとえている。

歌で、信濃にある浅間山も燃えているということですから、私、駿河が「不尽《ふじん》」（あなたへの思いがいつまでも続く）の思いを籠めてお送りする駿河国の富士の煙ではお役に立たないでしょうか、の意。

40

君をはじめて見る折は　千代《ちよ》も経《へ》ぬべし姫小松《ひめこまつ》
御前《おまへ》の池なる亀岡《かめをか》に　鶴こそ群《む》れ居て遊ぶなれ

【出典】古今目録抄料紙今様・祝

あなたさまをはじめて見る時には、そのご立派さに、私、姫小松は千年も寿命が延びるような気がいたします。あなたさまの御前の池にある亀山《かめやま》には鶴こそが群れ集まって遊んでいるようです。

【語釈】○姫小松―小さい松の愛称。針葉が五本ずつ束になって生える五葉松《ごようまつ》の一種とする説もある。

貴人とその屋敷をほめる賀の歌。松、亀、鶴と長寿のめでたいものをうたい込んでいる。『梁塵秘抄』にも「万劫年経《としふ》る亀山の　下は泉の深ければ　苔《こけ》ふす岩屋《いはや》に松生《お》ひて　梢に鶴こそ遊ぶなれ」（三一六）といった同想の今様がある。当今様は、姫小松を歌い手自身に、屋敷の池の中島を亀岡に見立てたもの。

亀岡とは亀山とも蓬萊山ともいい、中国の神仙思想において不老不死の仙人が住むとされる伝説上の霊山。東方の海中にあって、巨大な亀の背に乗っていると考えられた。

この今様は、『平家物語』巻一・祇王《ぎおう》の章段にも見える。平清盛《きよもり》は、*白拍《しらびょう》子《し》の祇王を寵愛《ちょうあい》していたが、ある日、仏御前《ほとけごぜん》という白拍子が、清盛の屋敷に推参《すいさん》して来る。清盛は、呼びもしないのに勝手にやって来るとはと相手にしないが、祇王は追い返される仏御前に同情して、遊女の推参はよくあることだとかばい、清盛に対面を勧める。清盛の前で今様を所望された仏御前がまずうたったのがこの今様であった。挨拶としてそつのない歌であるが、自らを姫小松にたとえてみせるところなどは、年若い仏御前のほのかな媚態《びたい》を感じさせて巧みである。この時、仏御前は十六歳、祇王は二十歳であった。仏御前の堂々としたうたいぶりに感心した清盛は続いて舞を舞わせる。容貌、声、舞ともにすぐれて美しい仏御前に、清盛は心を移し、祇王は屋敷から追い出されることになってしまう。華やかな祝いの今様は、祇王にとっては、運命の暗転を告げる歌となったのであった。

ただし、この後仏御前は出家し、先に尼となっていた祇王と共に住んだと『平家物語』は語っている。

*白拍子―男装の女性芸能者。本芸は舞にあり、足拍子を踏み鳴らしながら旋回するところに特徴があったらしいが、今様や朗詠をうたったことも知られる。

【補説】『とはずがたり』にも、今様の名手である後深草院が、この今様の類歌「御前の前なる亀岡に　鶴こそ群れ居て遊ぶなれ　齢《よはひ》は君がためなれば　天《あめ》の下こそのどかなれ」をうたう場面がある。

41

草の枕のうたたねは　浦島《うらしま》の子が箱《はこ》なれや　いかに見し夜《よ》の夢なれば
あけてくやしと思ふらむ

【出典】古今目録抄料紙今様・旅

草を枕にしてのうたたねは、浦島の玉手箱なのだろうか。どんな風に見えた夜の夢であるから、夜が明けて―蓋を開けて―残念だと思うのだろう。

【語釈】○草の枕―草を編んで作った枕。わびしい旅寝を暗示する。○あけて―夜が明けて、の意と玉手箱を開けて、の意とを掛ける。

旅寝の浅い眠りをうたった一首。旅の道中のうたたねとかけて、浦島の子の箱と解く。その心は？　―あけて（明けて・開けて）くやしい、という謎解きの形式になっている。

浦島の子は浦島伝説の主人公で、亀に化した海神の娘と巡り合って海中の神仙世界に行き、または、助けた亀に連れて行かれた竜宮で乙姫《おとひめ》に歓待され、三年を過ごすが、故郷が恋しくなって戻ってみると、すでに三百年が過ぎており、様子はすっかり変わっている。別れに際し、開けてはいけないといわれてもらった玉手箱を開けると白煙が立ち上り、老人になってしまった。『日本書紀』『丹後風土記《たんごふどき》』『万葉集』などに見え、平安時代になると種々の漢文体の『浦島子伝《うらしまこでん》』が作られた。

『拾遺集』夏部には、中務《なかつかさ》の作として、「夏の夜は浦島の子が箱なれやはかなくあけてくやしかるらん」（一二二）の一首がある。「夏の夜は、浦島の子の玉手箱なのだろうか。あっけなく明けてしまって（箱を開けたとたん、たちまち老いてしまって）残念に思うことだろう」の意で、「明けて」に「開けて」を掛けて夏の短夜を詠んだものである。この中務の和歌は、初句を「水《みづ》の江《え》の」として*『俊頼髄脳《としよりずいのう》』『綺語抄《きごしょう》』『和歌童蒙抄《わかどうもうしょう》』など、今様の流行期に編まれた歌学書にも引用されており、広く知られた和歌であったことがわかる。「浦島の子が箱なれや」「あけてくやし」の表現がそのまま重なっている当今様は、この中務歌を典拠として作られたものと考えられるが、「いかに見し夜の夢」と、夢の内容に思いを馳せている点、異郷における夢のような日々を髣髴させるふくらみがある。

*俊頼髄脳……いずれも院政期の歌学書。『俊頼髄脳』は源俊頼、『綺語抄』は藤原仲実《なかざね》、『和歌童蒙抄』は藤原範兼《のりかね》の著。

王昭君《わうせうくん》こそかなしけれ　月は見し夜《よ》の影なれど
漢宮万里《かんきうばんり》思へば遥かなり　胡角一声《こかくひとこゑ》涙添《なみだそ》ふ

【出典】唯心房集

王昭君《おうしょうくん》こそは実に痛ましいことである。月の光はかつて漢の都で見たのと変わらないけれど、その都は万里のかなたに遠ざかってしまった。胡人《こじん》の吹く角笛《つのぶえ》の音が涙を誘うことだ。

【語釈】○王昭君―前漢の元帝（在位紀元前四九～前三三）の宮女。絶世の美女として知られた。王昭君の故事は『漢書《かんじょ》』をはじめ、『文選《もんぜん》』『西京雑記《せいけいざっき》』などに見える。

前漢の元帝《げんてい》の後宮《こうきゅう》にあった王昭君が、＊匈奴《きょうど》との和親のため、呼韓邪単于《こかんやぜんう》に嫁《か》すことになった悲劇を踏まえた一首。『和漢朗詠集』巻下には「王昭君」が項目として立てられており、白居易《はくきょい》、紀長谷雄《はせお》、大江朝綱《あさつな》、源英明《ふさあきら》の漢詩の一部がとられている。当今様の典拠になっているのは、大江朝綱の次の句と考えられる。

＊胡角一声霜《しも》ノ後《のち》ノ夢《ゆめ》　漢宮万里月《つき》ノ前《まへ》ノ腸《ものおもひ》

＊匈奴―北方の遊牧民族。胡人とも称され、彼らの建て

胡国《ここく》に下った王昭君が胡人の吹く角笛の音に夢を破られ、遠い都に思いをはせる様子をうたった哀調に満ちた詩であり、『源氏物語』須磨巻で、光源氏がわび住まいを嘆く次のような場面にも、この詩が引用されている。

冬になって雪が降り荒れている頃、光源氏は慰めに琴を弾く。そのしみじみとした音楽を聞き、皆は涙を拭う。源氏は昔胡国に遣わされたという女人のことを思い、「都の紫上《むらさきのうえ》と離れているだけでもつらいのに、ましてその時の元帝の思いはどのようであったろうか。この世で自分がお慕いしている人などをそのように遠い異郷へ手放すことになってしまったなら」などと考えては、それが実際に起こることのような気がして「霜の後の夢」と口ずさむ。

さらに、時代は下るが、能「昭君《しょうくん》」にも、「漢宮万里の外《ほか》にして、見なれぬ方《かた》の旅の空」と、この詩に基づいた一節がある。当今様はこのように、広く流布した漢詩を利用した作である。第三句「漢宮万里思へば遥かなり」は七音＋九音で、七音＋五音を連ねる今様形式からすると破調であるが、漢の都との絶望的な距離を思う王昭君の嘆きが感極まった形であふれているようにも感じられ、かえって趣が深い。

た国を胡国という。

＊胡角一声…—胡人の吹くもの悲しい角笛の音に霜夜の夢からはっと目覚める。故郷の漢の都は万里のかなたに遠ざかって、月の光の中で腸を断つような悲しみにくれる。

43

楊貴妃《やうきひ》帰《かへ》りて唐帝《たうてい》の　思ひし思ひもかくやあらん
李夫人《りふじん》去《さ》りにし漢王《かんわう》の　嘆く嘆きも何ならず

【出典】唯心房集

楊貴妃《ようきひ》が黄泉《よみ》の国へ帰った後、玄宗《げんそう》皇帝が妃を恋い慕った思いもこのようであったろうか、李夫人が去った後、漢の武帝《ぶてい》が夫人を恋い続けた嘆きもこのようであったろうか、いや、取るに足らないものだ。私があの人を失った悲しみに比べたならば。

【語釈】○楊貴妃―八世紀前半の唐の女性。○李夫人―紀元前二世紀ごろの前漢の女性。

＊方士―神仙の術を行なう人。

楊貴妃は唐の玄宗皇帝に愛されたが、皇帝が政治を顧みなくなった原因は妃にあるとみなされ、安禄山《あんろくざん》の乱の折に馬嵬《ばかい》で殺されてしまう。嘆き悲しんだ玄宗は＊方士《ほうし》に妃の魂魄《こんぱく》のありかを探すように命じ、方士は天上から黄泉の国まで尋ね歩いたという。また、李夫人は前漢の武帝の後宮に召され、寵愛を受けたが早世した。武帝はその死を悲しんで反魂香《はんごんこう》を焚《た》かせ、妃の魂を呼び戻そうとする。それぞれ、『唐書《とうじょ》』、『漢書《かんじょ》』などに見える話であるが、もっぱら白居易の「長恨歌《ちょうごんか》」、および「新楽府《しんがふ》」所収「李夫人」によって悲恋の物語として伝えられており、日本でも広く知られていた。当今様の典拠は『和漢朗詠集』巻上・十五夜付《つけたりつき》月所収の源順《したごう》の句と考えられる。

楊貴妃帰ツテ唐帝ノ思《おもひ》　李夫人去ツテ漢皇《かんくわう》ノ情《こころ》

この詩は「雨ニ対《むか》ヒテ月ヲ恋フ」の題で詠まれており、玄宗が楊貴妃を慕う思いも、武帝が李夫人を慕う思いも、雨に対して月を慕う私の思いの深さには及ばない、という意味であって、月への思いが主題になっているが、この今様は、いったん原詩からは離れて、恋の歌として組みかえられていると考えた方がよいだろう。

たとえば藤原隆房《たかふさ》（一一四八―一二〇九）の『朗詠百首《ろうえいひやくしゆ》』恋部には「楊貴妃帰唐帝思」「李夫人去漢皇情」がそれぞれ題としてとられているが、その題で詠まれた和歌は「面影を恋ふるわが身に添へおきて命は野辺の露と消えにき」「魂反《たまかへ》す草をも植ゑじ中々に見るに思ひのしげさまされば」のように、いずれも妃を失った帝の恋情の深さ*を詠む恋の歌になっているからである。

*恋情の深さ――時代は下るが、仮名草子「尤之《もつともの》双紙《そうし》」にも「深きものの品々……深き契りには楊貴妃帰つて唐帝の思　李夫人去つて漢皇の情。比翼連理《ひよくれんり》のかたらひ。反魂香をたく煙り。」と見える。

44

さてもその夜《よ》は君や来《こ》し　われや行きけむおぼつかな
夢か現《うつつ》かたどられて　思へど思へどあさましや

【出典】唯心房集

それにしてもあの夜はあなたが私のところに来たのでしょうか、私があなたのところに行ったのでしょうか、なんともはっきりしないことです。夢であったのか現実であったのか、何度も振り返られて、考えても考えても、あきれ果ててしまうばかり。

『伊勢物語』六十九段に見える、男と斎宮《さいぐう》の物語を踏まえた一首。男は狩*の使として伊勢の国に行く。伊勢神宮に奉仕する未婚の皇女である斎宮は、親のいいつけにより、この男を大切にもてなした。男は斎宮に逢いたいと迫るが、人目が多くて簡単に逢うことはできない。斎宮は人が寝静まってから男の寝所を訪ねる。翌朝、斎宮のもとから歌が送られてくる。

【語釈】○現―02歌語釈参照。

*狩の使―鷹狩りをして宮中の宴会用の野鳥をとらせるため、諸国につかわした勅使。

君や来しわれや行きけむおもほえず夢か現か寝てか覚めてか

男はひどく泣いて次のような歌を詠んだ。

かきくらす心の闇にまどひにき夢現とは今宵《こよひ》さだめよ

男は再びの逢瀬を心待ちにしたが、その夜は男のために一晩中酒宴が催され、斎宮とはまったく逢うことができない。夜が明けると尾張の国に出発しなければならなかったので、男は心を残したまま伊勢の国を発つのであった。この和歌の贈答は『古今集』恋三にも斎宮と業平の贈答としてとられており、広く知られていた。

当今様は、斎宮の和歌によりながら、「たどられて」「思へど思へど」といった表現が、前夜の出来事を何度も思い返しては逡巡《しゅんじゅん》する女の心を生々しく伝えている。「おもほえず」を「おぼつかな」といいかえ、形容詞「おぼつかなし」の語幹「おぼつかな」で感情の高ぶりを表したこと、「あさましや」という直接的な心情表現をとっていることによって、禁忌《きんき》を犯した恐怖と抗《あらが》いがたい恋情の間で悶々《もんもん》とする女の姿が鮮やかに浮かび上がってくる。

＊君や来し…─あなたが私のところにいらっしゃったのでしょうか、私があなたのところにうかがったのでしょうか、はっきりといたしません。夢であったのでしょうか、現実であったのでしょうか。寝ている間のことだったのでしょうか、目覚めている時のことだったのでしょうか。

＊かきくらす…─悲しみにくれた私の心は闇のようで、すっかり混乱してしまいました。夢だったのか現実だったのかは今晩おいでになってはっきり定めてください。

45

須磨《すま》より明石《あかし》の浦風《うらかぜ》に　憂《う》きこと見えし名ぞや誰《たれ》
当代帝《たうだいみかど》の御子《おんこ》とて　源氏《げんじ》と申しし人ぞかし

【出典】宝篋印陀羅尼経今様

須磨から明石に吹く浦風に辛《つら》い目を見たその人の名は誰であろうか。現在の帝の御子で、光源氏と申した人であるよ。

『源氏物語』須磨巻・明石巻による一首。光源氏は、桐壺《きりつぼ》帝の皇子として生まれたが、源氏の兄が朱雀《すざく》帝として位につくと、外戚《がいせき》の右大臣方が権勢を振るい、源氏は日に日に圧迫されるようになる。

さて、源氏はかつて、右大臣の娘・朧月夜《おぼろづきよ》と契りを結んだことがあった。朧月夜は、今は尚侍《ないしのかみ》として入内《じゅだい》し、朱雀帝の寵愛を一身に受けているが、静養のために退出していた右大臣邸へ、源氏は夜な夜な通っていた。ついに

【語釈】○須磨、明石―いずれも神戸市南西部の海岸付近。風光明媚な土地として知られた。

ある雷雨の夜、二人の密会の現場が右大臣に押さえられてしまう。この事件は、右大臣方に、源氏追放の絶好の口実を与えたのであった。源氏は流罪の決定が下される前に、自ら須磨に退き、さびしい生活を送っていたが、やがて、夢の導きによって明石に住まいを移す。

なお、「須磨にはいとど心づくしの秋風に」と描写されるのをはじめとして、須磨巻・明石巻には、海辺を吹く浦風が印象的にとらえられている。明石に移る直前には暴風雨が吹き荒れてもいて、当今様が源氏の苦難を「浦風」に象徴させているのは、巧みな表現といえよう。

この今様は、物語展開を踏まえた説明的な一首であるが、源氏が須磨に下った時の帝は、腹違いの兄・朱雀帝であるから、源氏を「当代帝の御子」とするのは、誤りである。光源氏が皇族の血を引いていることを強調した表現であると思われるが、正確さを欠いている。そうした難点はあるものの、当今様は、歌謡における『源氏物語』享受の例としては貴重なものといえる。歌謡というジャンルにおいて、『源氏物語』摂取の一つの大きな山は、まず、鎌倉中期以降、関東の武士を中心に歌われた*早歌《そうか》の中に現れるが、当今様は次にあげる一首とともに、それよりも百年以上早い時期のものだからである。

*早歌―鎌倉・室町時代、武士を中心に歌われた長編歌謡。和漢の古典を多く引用している。

46

若紫《わかむらさき》の昔より　契りし野辺《のべ》の露なれど
消えにし後《のち》にはいかがせん　頼めば弥陀にぞ奉《たてまつ》る

【出典】宝篋印陀羅尼経今様

若紫のような少女時代の昔から連れ添ってきた野辺の露だけれど、消えてしまった後にはどうしたらよいのだろう。頼みに思う阿弥陀仏にこそ亡き紫《むらさきのうえ》上を預けることだ。

【語釈】○若紫―若々しい紫草。ここでは『源氏物語』の登場人物の名。光源氏の正妻となる紫上の幼い頃の雅名。

『源氏物語』若紫巻・御法《みのり》巻による一首。前歌と並んで配列されている。十八歳の光源氏は、北山で十歳ばかりの美しい少女を見出し、心を奪われる。その容姿が、ひそかに心を寄せる継母・藤壺《ふじつぼ》に生き写しだったからである。この少女こそ、源氏の生涯の伴侶となる紫上であった。紫草にたとえられた彼女は、三十年以上、光源氏と連れ添ったが、ついに消えゆく露のようにこの世を去った。御法巻には、命をはかない露にたとえた紫上と源氏の贈答歌があり、それを受けて、紫上が「消えゆく露のここちして限りに見え」、そして、夜が明けきる頃に「消えはて」たとあるのを踏まえた表現である。45歌「須磨より明石の」の今様が、物語の外から登場人物を説明するような形式であったのに対し、当今様は光源氏の立場から構成され、悲しみを乗り越えて、阿弥陀仏に紫上をゆだねるという源氏の決意を表していよう。ただし、『源氏物語』本文によると、源氏は紫上の死後、仏道修行に専念するものの、死別の悲しみに紛れての遁世が心弱き行為として人にそしられることになるのではないかと世間体を気にして、出家はできないままである。当今様の結句のような、揺るぎない信仰を持つには至っていないように見える。阿弥陀仏への強い帰依《きえ》を示す当今様は、物語本文を越えているといってよい。

　愛する者との別離の苦しみを極楽往生の祈願へ転化させるよう説く方法は、*唱導《しょうどう》といった仏教の布教活動の中で広く行われた。当今様は、単に『源氏物語』の内容を紹介しているものではなく、それを*信仰と結びつけようとする意識の上に成り立っているものと考えられるのである。

＊唱導―弁舌をもって、仏の教えを説き明かし、人々をその教えに引き込もうとする布教活動。

＊信仰と結びつけようとする意識―植木朝子「『宝篋印陀羅尼経今様』について―歌謡における『源氏物語』摂取の一例として―」（『十文字国文』第九号　二〇〇三年三月）。

47

聞くに心の澄むものは　荻《をぎ》の葉そよぐ秋の暮れ
夜深き笛の音《ね》箏《さう》の琴《こと》　久しき宿吹く松風

【出典】吉野吉水院楽書

聞くと心が澄んでくるものは―荻《おぎ》の葉が風にそよぐ秋の暮れ、夜更けの笛の音、箏《そう》の琴、長く続くめでたい宿に吹いている松風。

【語釈】○荻―イネ科の多年草。和歌においては、風にそよぐ荻の葉音によって秋の到来を知るという発想がさかんに詠まれる。○箏の琴―十三本の絃を張った琴。琴は絃楽器の総称。

承安四年（一一七四）九月一日から十五日まで、後白河院の主催で今様合が大々的に催された。毎晩、左右に分かれた二人の公卿殿上人《くぎょうてんじょうびと》が今様を歌い、技の優劣を競い合ったのである。判者（勝負の判定役）は後白河院の今様を受け継いだ藤原師長《もろなが》が、算差《かずさし》（左右の勝った回数を数える役）は、院の初期の今様の師・源資賢《すけかた》が務めた。その資賢がうたったのが当今様である。

この今様を載せている『吉野吉水院楽書《よしのきっすいいんがくしょ》』は、鎌倉時代中期に成立した音楽に関する著者未詳の書物であるが、本書によれば、結句がもともとは「荒れたる宿吹く松風」であったのを、折に合うようにうたい替えたという。著者は、このエピソードを記したあと「もつとも興あり」と述べ、資賢のうたい替えを高く評価している。

先の13・14歌で見たように、「心の澄むもの」とは本来、孤独感や寂寥感がしみじみと身に迫るようなものであった。もとの今様は秋風にそよぐ荻の葉音、夜更けの空に澄み上るような笛や箏の音、荒れ果てた邸宅を吹き渡っていく松風の音、と、もの悲しい音を重ねて一首を構成している。

しかし、今様合においてこの今様をうたった資賢は、現在催し物の行われている場が後白河院の御所・法住寺殿《ほうじゅうじどの》であるため、祝意を込めて「荒れたる宿」を「久しき宿」とうたい替えた。このうたい替えによって、「秋の暮れ」である九月、今様合においては、夜更けまで笛や箏などの管絃の音が響き、幾久しく続く御所には、めでたい松の風が吹き渡っている、と、もの寂しい情景をうたう哀感に満ちた歌が、目の前の情景を寿ぐ賀の歌へ、鮮やかに変貌を遂げたのである。

＊法住寺殿─法住寺は平安時代中期に現在の三十三間堂の近くに建てられた寺。寺の焼失後、その跡地に後白河院が院御所を営み、法住寺殿と号した。

48

籬《ませ》の内《うち》なるしら菊も　うつろふ見るこそあはれなれ
われらが通ひて見し人も　かくしつつこそかれにしか

【出典】古今著聞集・巻八・好色第十一

垣根の内の白菊が、知らないうちに色あせていくのを見るのはしみじみ辛《つら》いことだ。私が通って睦びあった人も、白菊の色が変わって枯れていくように、心が変わって私から離れていくのだなあ。

藤原敦兼《あつかね》は、容貌の優れない人物であった。一方、北の方は華やかな人であり、世の中の素敵な男性を見るにつけ、夫に嫌気《いやけ》がさしてきて、口もきかず、目も見合わせず、冷淡にふるまうようになる。ある日、敦兼は夜遅く帰って来たが、家には明かりもついておらず、装束を脱いだところでたたむ人もなかった。北の方に遠慮して女房たちも姿を見せない。どうしようもなくて、敦兼は一人、車寄せの戸をおし開けて、物思いにふけっていた。夜が更

【語釈】○籬—竹や木で作った、低く目の粗い垣。

けて、北の方への恨めしさも思い合わされるままに篳篥《ひちりき》を吹き、やがてこの今様を繰り返しうたった。

「しら菊」の「しら」に「知らない」の意と「白」を掛け、「うつろふ」には、白菊の色があせることと北の方の心が変わることとを重ねている。さらに「かれ」には、白菊が「枯れ」る意と、北の方の心が「離《か》れ」る意を掛けた技巧的な一首である。静かな夜更け、外には月の光があふれ、風の音がかすかに聞こえる。その静寂の中に、哀れに美しい今様の声が響く。北の方は心を打たれ、この後は、敦兼を一途に愛したという。今様が人の心を動かし、奇跡を起こしたのである。この説話においては、今様が力を及ぼすのは人間に対してであるが、さらに、今様をうたうことによって*瀕死の病人が奇跡的に回復したり、*罪深い遊女が極楽往生を遂げるなど、神仏の感応を記す今様霊験譚《れいげんたん》も数多く見られる。

なお、藤原敦兼は『梁塵秘抄口伝集』巻十に名が見え、後白河院よりは一世代前の今様の名手であった。父・敦家《あついえ》に師事して篳篥をよくした。その敦家は篳篥の名手であるとともに、歌声があまりに美しかったために、神に魅入られ、金峰山《きんぷせん》で頓死したという逸話を持つ。

*瀕死の病人が……袈裟《けさ》という巫女が、石清水八幡宮の若宮に今様をささげたことによって、一人娘の病が治った話（『今物語』）、藤原成通《なりみち》が口ずさんだ今様によって、乳母《めのと》の病が治った話（『十訓抄』）など。

*罪深い遊女が……神崎《かんざき》の遊女とねくろが、旅の途中、海賊におそわれて命が尽きるという時に、今様をうたって極楽往生をとげた話（『宝物集』『十訓抄』）など。

49

甲斐《かひ》にをかしき山の名は　白根《しらね》波崎《なみさき》塩《しほ》の山《やま》　室伏《むろふし》柏尾山《かしはをやま》
篠《すず》の茂れるねはま山

【出典】夫木和歌抄・巻二十・山

—甲斐《かい》の国で面白い山の名前は—白根、波崎、塩《しお》の山、室伏、柏尾山《かしわおやま》、篠竹《しのだけ》の茂るねはま山—

甲斐国（今の山梨県）の山の名をあげたもの尽くし今様。現存する『梁塵秘抄』には含まれないが、『夫木和歌抄』に「題知らず、梁塵秘抄、読人知らず」として所収。26歌「山の様がるは」の今様にあげられた山は畿内中心であったが、当今様は甲斐国の山々を取り上げて地方色豊かな一首である。

白根山は静岡県との県境に連なる山々。北岳《きただけ》のみを指すこともあるが、北岳・間《あい》ノ岳・農鳥《のうとり》岳の白根三山の総称として用いられることが多い。「甲斐*

【語釈】○篠—篠竹。竹の細いもの。日本特産で、各地の山地の森林の下草として群生する。

*甲斐が根—「甲斐が根を嶺《ね》越し山越し吹く風を人にもがもや言伝《ことづ》てやらむ」（古今集・東歌・甲斐歌・一〇

が根」「甲斐が白根」として和歌に多く詠まれる。塩の山は現甲州市南西部の塩ノ山とされる。歌枕で、『古今集』の「塩の山さしでの磯に住む千鳥君が御代をば八千代とぞなく」（賀歌・三四五・読人知らず）が最初の例。後代の和歌は、ほぼこの古今歌の影響下にあると見られ、ほとんどの場合「さしでの磯」と共に詠まれる。当今様の波崎がほぼ「さしでの磯」に当たると考えられている。現在の山梨市笛吹川やや上流。室伏は現山梨市牧丘町に位置する。笛吹川と琴川の合流点近く。柏尾山は現甲州市勝沼町に位置し、現在は「かしお」と呼ばれる。山腹に薬師如来を本尊とする大善寺（古くは柏尾寺、柏尾山寺など）があり、平安時代前期にはすでに存在していた。ねはま山は比定地未詳。

『梁塵秘抄』には「*甲斐国よりまかり出《い》でて　信濃《しなの》の御坂《みさか》をくれくれとはるばると　鳥の子にしもあらねども　産毛《うぶげ》も変はらで帰れとや」（三六二）の一首があり、甲斐国は「卵《かひ》」との掛詞としての役割を担いながらも、都からは遥かに遠い場所として位置づけられている。このような遥かな場所にある山々の名は、都でそれを聞く者たちの、遠い甲斐への憧れと興味をかきたてたであろう。

九八）など。

*甲斐国より……──甲斐国から出てきて、信濃の御坂峠を散々苦労して越え、はるばると都にやって来たのです。それなのに、鳥の子でもないというのに産毛も生え変わらないままで国へ帰れというのですか。

50

夜昼《よるひる》あげこし手枕《たまくら》は　あげでも久しくなりにけり
何とて夜昼睦《むつ》れけん　ながらへざりけるもの故《ゆゑ》に

【出典】上野学園蔵今様断簡

夜も昼も交わしあってきたかつての恋の手枕は、今はもう交わさなくなって長い時間が過ぎたのだったなあ。どうしてあんなふうに夜も昼も睦びあったのだろう。二人の仲は長続きしないものだったのに。

近年発見された今様断簡。『梁塵秘抄口伝集』の一部と考えられる。かつての恋が過ぎて取り残された女の嘆きをうたった一首。夜も昼も睦びあうような恋の情熱は、決して長続きしないものであるということを、静かなあきらめの中にうたう。「あけこし手枕」が難解で「明け来し」「空け来し」と読む説も提出されているが、「挙げ来し」と読む説により、腕を挙げてさし交わす様子をいったものと解しておきたい。

*今様断簡―一九九九年五月二十日毎日新聞朝刊第一面にカラー写真とともに紹介されたのが最初で、その後、次々に他紙にも取り上げられた。その経緯と当今様の解釈については馬場光子「上野学園蔵今様断簡「ければ　よるひるあけこ

『源平盛衰記』巻十七「祇王祇女仏御前の事」*には次のような類歌がある。

君があげこし手枕《たまくら》の　絶えて久しくなりにけり　何しに隙《ひま》なく睦《むつ》れけん
ながらへもせぬもの故に

仏御前によって清盛の寵愛を失った祇王が、しばらくぶりに清盛に呼び出されてうたったものだが、実はこの今様には元歌があり、祇王はその冒頭「われらがあげこし」を「君があげこし」にうたい替えたという。元歌は「私たち二人で互いに交わしあってきた手枕は、絶えて長い時間が過ぎたのだったなあ。どうしてあんなふうにすきまもないように睦びあったのだろう。そんな状態は長く続くものでもないのに」という意味で、当今様とほぼ同じ内容であるが、当今様は「夜昼」を繰り返して、かつての睦び合いの、時間的な絶え間のなさを強調する形になっている。

なお、『源平盛衰記』でうたい替えられた今様は、「われら」が「君」になることにより、恋の主導者が「君＝清盛」であることが強調され、「手枕」を絶えさせた清盛への批判が強く打ち出されている。『源平盛衰記』の本文も、このうたい替えを絶賛し、祇王をたぐいまれな今様の上手だとしている。

し…」の解釈と史的位置付け」（『梁塵』第十七号　一九九九年十二月）にくわしい。

＊挙げ来しと読む説―久保田淳「愛のうつろいの今様を読む」（毎日新聞一九九九年六月九日朝刊第六面）、岩佐美代子「今様「よるひるあけこし」解釈考」（『梁塵』第二十七・二十八号二〇一一年三月）

＊祇王祇女仏御前―清盛と祇王・仏御前に関しては、40でもふれた。

編者略伝

今様については後の解説にゆずり、ここでは今様の集成に最大の功があった後白河院について略述する。『梁塵秘抄』を編んだ後白河院は、大治《だいじ》二年（一一二七）九月十一日に鳥羽天皇の第四皇子として誕生した。母は待賢門院璋子《たいけんもんいんしょうし》で、同腹の兄に崇徳天皇がいる。院は当初、皇位継承には無縁であり、『愚管抄《ぐかんしょう》』巻四によれば、父・鳥羽天皇から、遊芸にばかり夢中になっていて、「即位ノ御器量ニハアラズ」すなわち帝位にはふさわしくないと思われていた。しかし、近衛天皇死去を受けて久寿《きゅうじゅ》二年（一一五五）七月に即位、保元三年（一一五八）に二条天皇に譲位してからは上皇として三十五年の長きにわたって院政を執った。嘉応《かおう》元年（一一六九）には出家して法皇となり、法名を行真と称した。治承《じしょう》元年（一一七七）、法皇の近臣が鹿《しし》ケ谷で平家打倒を企てたことが露顕し、同三年、平清盛はついに法皇を鳥羽殿に幽閉して院政を停止し、翌四年には娘徳子《とくし》が生んだ安徳天皇を立て、高倉上皇に名目だけの院政を行わせた。養和《ようわ》元年（一一八一）、高倉上皇ついで清盛が没すると、法皇は院政を再開。源義仲、頼朝らと対決・妥協しつつ、権勢を維持し、結局は長い戦乱に終止符をうつことに成功した。頼朝が征夷大将軍となった建久三年（一一九二）の三月十三日、六十六歳の生涯を閉じた。

『愚管抄』巻六には、院が、巫女や舞人、猿楽《さるがく》、銅細工《あかがねざいく》など官位身分の低い者をそば近くに召し寄せていたことが記され、『玉葉《ぎょくよう》』寿永《じゅえい》三年（一一八四）六月十七日条には、院が、手輿《たごし》をもって蒔絵師《まきえし》の家に臨幸し、菱縄《ひしなわ》調備の様を見物したことも見える。このような好奇心旺盛の院が、最も夢中になったのが今様であった。

略年譜

年号	西暦	年齢	後白河院の事跡	歴史事跡
大治二年	一一二七	1	鳥羽天皇第四皇子雅仁誕生	
永治元年	一一四一	15	十余歳から今様習練に励む	近衛天皇即位
久安元年	一一四五	19		待賢門院崩御
久寿二年	一一五五	29	即位	近衛天皇崩御
保元元年	一一五六	30	保元の乱に勝利	鳥羽法皇崩御・崇徳上皇讃岐配流
二年	一一五七	31	青墓の老傀儡・乙前と出会い、十余年間、今様を学ぶ	
三年	一一五八	32	譲位、院政を行う	二条天皇即位
平治元年	一一五九	33	平治の乱に勝利	
永暦元年	一一六〇	34	熊野参詣（初度）、この後、院の熊野参詣は三十余度に及ぶ	
長寛二年	一一六四	38	蓮華王院（三十三間堂）完成	崇徳上皇讃岐で崩御
永万元年	一一六五	39		六条天皇即位

仁安二年	一一六七	41	新造法住寺殿に移る	
嘉応元年	一一六九	43	『梁塵秘抄』ほぼ完成 出家（法名・行真）	
承安四年	一一七四	48	法住寺殿にて今様合	
治承元年	一一七七	51		鹿ケ谷の陰謀露顕
二年	一一七八	52	源資時への今様伝授開始	
三年	一一七九	53	平清盛により鳥羽殿に幽閉	
四年	一一八〇	54		安徳天皇即位・高倉上皇院政開始
養和元年	一一八一	55	院政再開	高倉上皇崩御・清盛没
寿永二年	一一八三	57	源義仲に平氏追討を命じる	義仲、法皇御所を襲う
三年	一一八四	58	源頼朝に平氏追討を命じる	
文治元年	一一八五	59	源義経に頼朝追討を命じる	壇の浦で平氏滅亡
建久元年	一一九〇	64	頼朝と会見	
三年	一一九二	66	崩御	頼朝、征夷大将軍となる

解説　「平安時代末期の流行歌謡・今様」――植木朝子

はじめに

平安時代末、京都で大流行したはやり歌があった。最盛期には「そのころの上下、ちと呻《うめ》きて頭《かしら》ふらぬはなかりけり」（『文机談《ぶんきだん》』）というほどであったが、鎌倉時代以後は宮廷行事の一部に取り込まれて残るだけとなり、江戸時代にはほとんど忘れ去られた歌々であった。「今めかしさ」、すなわち目新しく派手な魅力を持つ故に「今様」と名づけられた歌謡群である。この今様の魅力に取り憑かれた帝王・後白河院は今様集『梁塵秘抄』を編纂《へんさん》した。

ここでは、今様という歌謡の特徴、専門の担い手たち、『梁塵秘抄』の成立・構成について簡単に述べることとする。

今様の時代

「今様」とは「今めかし」と同義の普通語であり、現代的だ、当世風だ、目新しいといった意味のことばであった。それを「今様歌」として歌謡名に用いた早い例が、一条天皇（在位九八六―一〇一一）の時代に成った『紫式部日記』や『枕草子』である。これらの記述によると、今様歌をうたうのは、管絃には熟達していない若者たちであり、分別ある大人が歌唱に加わるのは遠慮されることであった。今様歌はくつろいだ無礼講《ぶれいこう》的な場でうたわれる、はかない慰めごとに過ぎなかったのである。

鎌倉時代中期に成立した楽書『吉野吉水院楽書』には、「今様ノ殊ニハヤルコトハ後朱雀院ノ御トキヨリ也」とあり、「今様」が歌謡名として用いられはじめた一条天皇の時代から三十年ほどを経て、後朱雀天皇（在位一〇三六—四五）の時代より、この歌謡の広範囲にわたる流行が意識されたらしい。この後、百年以上が経って、今様は爛熟期を迎えた。自分の死後、今様が混乱、衰退することを恐れた後白河院によって、今様は書物に記録されることになる。成立過程には諸説あるが、嘉応元年（一一六九）に『梁塵秘抄』がほぼ完成する。承安四年（一一七四）九月一日〜十五日には、今様合《いまようあわせ》が大々的に催された。左右に分かれた貴族が毎晩二人ずつ今様歌唱を競い、その勝敗が判定されたのである。

しかし、後白河院の時代をピークに今様は衰退の一途をたどる。『とはずがたり』巻二によると、建治《けんじ》三年（一二七七）後深草院から鷹司兼忠《たかつかさかねただ》へ今様秘事が伝授されている。和歌の衰退の歴史とともに、古今伝授といった和歌の秘事秘説化が進んでいったことは、しばしば指摘されることだが、おそらく今様においても、その芸能じたいが衰退期にあるからこそ、このような秘事伝授が行われることになったのではないか。しかし、今様の秘事伝授がこの後長く続いていった形跡はうかがわれず、一定の形式が定まって室町期以降も行われた琵琶秘曲伝授作法のようなものも、今様に関しては整えられなかった。以上たどってきたように、今様が広くうたわれたのはわずかに二百五十年ほどの間であった。

うたい替え

今様は目新しく若々しい魅力を持つことが第一の特徴であったが、さらに折に合わせてうたい替えることが求められる歌謡でもあった。『平家物語』巻六・嗄声《しわがれごえ》には、信濃国《しなの》に流されていた源資賢《すけかた》が帰京し、後白河院に今様を所望されて「信濃にあんなる木曽路川《きそぢがは》」という今様の一節を「信濃にありし木曽路川」とうたい替え、絶賛されたことが記される。「あんなる」（信濃にあるという木曽路川）という元歌の伝聞の表現を、実際信濃に流されていた資賢が「ありし」（信濃にあった木曽路川）と直接体験の表現にとっさにうたい替えたことが、時に応じた機転として高く評価されているのである。このように、うたい手の声の美しさやテクニックなどの音楽的力だけでなく、臨機応変に歌詞をうたい替える、いわば文学的力も重視されたのが、今様という歌謡の大きな特徴であった。

今様の担い手

今様には、これをうたうことを専門とする女性芸能者がいた。遊女・傀儡《くぐつ》・白拍子の三者がそれである。

遊女とは、次にふれる傀儡や白拍子を含んで、広く歌舞を行う女性芸能者を指す場合もあるが、ここでは狭義の遊女について述べる。大江匡房《まさふさ》（一〇四一―一一一一）が晩年に記した『遊女記《ゆうじょのき》』によると、遊女らは水上交通の要路に住み、小舟に乗って旅客のいる船に近づいて遊芸に興じたようである。

匡房は『遊女記』と相前後して『傀儡子記《かいらいしのき》』を記している。これによると、傀儡は、陸路の要衝を本拠としつつ漂泊流浪した芸能者であった。男は狩猟を主な生業とするが、曲芸や幻術を行い、木偶《でく》を舞わせるなどの芸を見せることもあった。女は美しく装って、歌舞を行い、旅人と枕席《ちんせき》を共にすることも多かった。遊女と傀儡の女は、今様をうたい、枕席に侍《はべ》るという点ではよく似た芸能者であるが、女性だけで集団を作る遊女と、男性とともに集団をなす傀儡、水辺の遊女と陸地の傀儡といったように、対照的な一面も持っていたのである。
白拍子は水干《すいかん》に立烏帽子《たてえぼし》、鞘巻《さやまき》を帯びた男装の女性芸能者で、遊女や傀儡よりもやや遅れて登場した。本芸は舞にあり、足拍子を踏みならしながら旋回するところに特徴があったらしいが、今様や朗詠をうたったことも知られる。

『梁塵秘抄』の構成

『梁塵秘抄』は、鎌倉時代末に成立した『本朝書籍目録《ほんちょうしょじゃくもくろく》』の「管絃」の項に「梁塵秘抄。廿巻。後白川院勅撰」とあるので、もと二十巻で、おそらく歌詞集『梁塵秘抄』十巻と、今様の歴史、口伝などを記した『梁塵秘抄口伝集』十巻から成っていたと推測される。ただし、『梁塵秘抄』は『口伝集』巻十が『群書類従』に収められていただけで、歌詞集の方は、鎌倉時代末以降長い間埋もれていた。明治の末に歌詞集『梁塵秘抄』巻一断簡と巻二が発見され、にわかに注目をあびることになったのである。

歌詞集『梁塵秘抄』

歌詞集『梁塵秘抄』のうち、現存するのは巻一の一部と巻二で、その内容は次のごとくである。

巻一　長歌《ながうた》　十首　（目次　十首）
　　　古柳《こやなぎ》　一首　（目次　三十四首）

巻二　今様《いまよう》　十首　（目次　二百六十五首）
法文歌《ほうもんのうた》　二百二十首（目次　二百二十首）
仏・法・僧・雑
四句神歌《しくのかみうた》　二百四首（目次　百七十首）
神分《じんぶん》・仏・経・僧・霊験所《れいげんしょ》・雑
二句神歌《にくのかみうた》　百二十一首（目次　百十八首）
（無称歌）・神社歌・（無称歌）

＊（無称歌）とは本文に標題がない一群の詞章であり、今仮に（無称歌）とした。実数と目次の記数が異なっている場合が多いが、巻一の場合は抄録されたものが残っており、現存の巻二は、いったん成立した作品に増補が施されたものと考えられている。「長歌」「古柳」「今様（狭義）」「法文歌」「四句神歌」「二句神歌」などは、今様の種別であり、広義今様の中にもさまざまな種類のあったことがわかる。

『梁塵秘抄口伝集』で現存するのは、巻一の一部と巻十で、その内容を箇条書きにしてまとめると次のごとくである。
巻一　序・今様起源譚
巻十　序・今様耽溺の日々・乙前《おとまえ》との出会い・青墓《あおはか》の傀儡女に関する逸話
乙前の死去と供養・後白河院の今様の弟子への評・寺社参詣
今様の霊験・今様即仏道・結び・資時《すけとき》と師長《もろなが》の相承

現存するのはごく一部にすぎないが、今様の詞章を集成し、今様の歴史や背景、それにまつわる伝承、音楽的側面、宗教的意義などをまとめた『梁塵秘抄』全体は、はかなく消えゆく声に支えられた今様の世界を、少しでも長く残るよう、文字によって最大限に記述しようとした後白河院の情熱に満ちた書物であったと思われるのである。

その他の今様集成

『梁塵秘抄』以外にも、わずかながら今様の集成が現存する。本書で取り上げたもののみ、簡単に解説をしておきたい。『古今目録抄《ここんもくろくしょう》』は法隆寺の僧・顕真《けんしん》が聖徳太子の伝記を収録したものであるが、その料紙として、今様を集めた紙を横に二つに切って用いている。上下を継ぎ合わせることで、もとの今様を判読でき、その今様が、仮に『古今目録抄』料紙今様と呼ばれているものである。六十数首の今様が春・夏・秋・冬・恋・祝・管絃・法文・旅に部立配列されている。『唯心房集《ゆいしんぼうしゅう》』は、唯心房寂然《じゃくぜん》（一一一八頃―一一八二頃・俗名藤原頼業《よりなり》）の家集。内容を異にする三種の本があるが、今様が含まれるのは宮内庁書陵部本と呼ばれるもので、和歌三十首と今様五十首を収める。この今様の中には『梁塵秘抄』所収のものも見られるので、すべてが寂然の作とは言えないが、『和漢朗詠集』や『伊勢物語』を典拠とし、机上で創作したと見られる文芸的な作品も多く、寂然の作も相当数含まれていると考えられる。『宝篋印陀羅尼経《ほうきょういんだらにきょう》』料紙今様は、嘉応二年（一一七〇）八月十五日に安応上人門弟寂真《じゃくしん》が書写したもの。消息文や和歌、願文《がんもん》とともに書かれている今様は十三首である。この今様も、寂真の作かどうか不明で、『唯心房集』今様と似た性格を持っている。

読書案内

『歌謡文学を学ぶ人のために』　小野恭靖ほか　世界思想社　一九九九
記紀歌謡から近世民謡・近世童謡にいたるまでの歌謡文学史をたどる入門書。今様・雑芸歌謡の執筆は植木朝子。

○

『梁塵秘抄』（岩波文庫）　佐佐木信綱　岩波書店　一九三三
本文のみが掲載されるが、『梁塵秘抄』の全文が読める文庫本としては唯一のもの。『梁塵秘抄口伝集』も併載。

『梁塵秘抄』（ちくま学芸文庫）　西郷信綱　筑摩書房　二〇〇四
筑摩書房〈日本詩人選〉の一冊として刊行されたもの（一九七六）の文庫化。今様十五首の詳細な読み解きのほか、「和泉式部と敬愛の祭」「神楽の夜」の二編を付載。

『梁塵秘抄』（角川ソフィア文庫）　植木朝子　角川学芸出版　二〇〇九
ビギナーズ・クラシックス日本の古典シリーズの一冊。今様四十八首と口伝集の一部を抄出して、現代語訳と鑑賞を付し、解説と十のコラムを配した入門書。

『神楽歌・催馬楽・梁塵秘抄・閑吟集』（新編日本古典文学全集）　新間進一・外村南都子　小学館　二〇〇〇
諸説を紹介し、全歌にわたって穏当な現代語訳と的確な評・鑑賞が付される。『梁塵秘抄口伝集』も全訳とともに併載。

『梁塵秘抄口伝集』(講談社学術文庫) 馬場光子 講談社 二〇一〇

全訳注シリーズの一冊。巻末には人物一覧、今様関係系図、今様辞典、今様伝承資料集、今様関係地図、今様関連年表など、充実した資料が付される。

○

『続日本歌謡集成 巻一 中古編』 新間進一 東京堂 一九六四

『古今目録抄』料紙今様および『梁塵秘抄』拾遺のほか、「新編今様集」として諸書に見える今様や断片的な今様の書きとめを集めていて有益である。

○

『仏教歌謡研究』 鈴木佐内 近代文藝社 一九九四

『唯心房集』所収の今様五十首について、詳細な注をほどこし、全訳を付す。

○

『後白河天皇』 赤木志津子 秋田書店 一九七四

「後白河院の人間像」の一項を設け、院の信仰、和歌、今様などについてふれる。

『後白河上皇』(人物叢書) 安田元久 吉川弘文館 一九八六

後白河院の政治的軌跡を中心に論じる。巻末に「後白河上皇移徙一覧」を付す。

『後白河法皇』(講談社学術文庫) 棚橋光男 講談社 二〇〇六

講談社選書メチエの一冊として刊行されたもの(一九九五)の文庫化。斬新な視点が光る遺稿集。

【付録エッセイ】

風　景

田吉《たよし》　明《あきら》

田吉明は川端善明氏のペンネーム。川端善明《かわばたよしあき》（国語学者）〔一九三三〜〕『活用の研究』Ⅰ・Ⅱ。

一

君が愛せし綾藺笠
落ちにけり落ちにけり
　賀茂川に　川中に
それを求むと　たづぬとせしほどに
あけにけり明けにけり
　さらさらさやけの秋の夜は

綾藺笠はどこへいったのだらう？

風のあふりにあふらせて、ちらりとのぞく面輪の伊達が、綾に編まれた藺笠のいのちであった。狩りに出かけなかった或る日暮、男はそれをかぶって女と逢った。風に奪はれぬほどのえうじんは、いづれ、した。とすれば、すげをが切れたのか。それが誰かに拾はれて名にも立ちかねぬことを女はかなしく、あなたのためにこそ、と、小さく呟く。

風にまひたるすげがさの
なにかは路におちざらむ
わが名はいかで惜しむべき
惜しむは君が名のみとよ

梁塵秘抄の調を愛した大正の詩人の、これはたくみな今様ぶりである。それにしても、綾藺笠はどこへいってしまったのか？

賀茂川は川原も川洲も一面の薄であった。銀の穂がそろって天を指せば、さらさらの、そのさやぎを人は川音と聞き、そして改めて穂波の音と聞いた。白河法皇を嘆かせぬ日の賀茂の流れは、たとへば薄の底ゆく一筋の、これも静かなる銀であった。としてもかの綾藺笠はどこへいったのか？

風は薄の原なかをわけて吹き、白々と一筋の道が通った。探しあぐねた女が若し、その道のかなた、薄の果をふり仰いだとしたら？　その中空にまさしく見るものは、緒の切れたかの藺笠であったらう。明けてゆく薄の穂波の上に、人はそれを、蓋し有明の月と呼んだであらう。そして私は？　私は一幅の琳派の画でも描いたやうな気分になる。

「楕円律」第四四号（楕円律発行所　昭和五十三年一月）

二

我を頼めて来ぬ男
角三つ生ひたる鬼になれ
　さて　人にうとまれよ
霜雪霰ふる水田の鳥となれ
　さて　足つめたかれ
池の萍となりねかし
　とゆりかうゆり　揺られありけ

（梁塵秘抄　四句神歌）

『梁塵秘抄』は後白河法皇の撰述による今様の類聚集大成である。全二十巻、ただし現在、歌詞集巻一（断簡）・巻二、口伝集巻一（断簡）・巻十（今様にかかわる後白河の自伝）しか残らない。十歳余から今様を好み、唱うことに異常なほどの耽溺をみせた鳥羽天皇四宮雅仁は、僅か三年の天皇位に即く前後、美濃青墓の傀儡女《くぐつめ》の系統をひき、唯一人、今様正調を伝えるという乙前《おとまえ》に逢う。この人と師弟の契りを結んでより正調追求の志を固め、退位のあと十年ほどで、出家、法皇となったころから、正調今様の伝統に立つものとしてその歌詞の撰集が始められたと推量されている。

一条天皇のころは、催馬楽《さいばら》、風俗《ふぞく》、また催馬楽の曲調で歌われる和歌、それらをとりまめて唱歌《そうが》と呼ばれる謡いものと、漢詩の訓み下しを詠った朗詠の、その時代であった。

風俗うたはぬ人　雨の日のつれづれをいかにして暮すらむ　(体源鈔)

平安人の心にしみいるようにしてそれは愛された。そのなかに、もともとは地下《ぢげ》に属しつつ、若い大宮人の好みのなかに拓かれてきた新たな今の調べとして、今様はあった。後朱雀天皇のころには、地下と堂上に亘って広い世界に今様は一つの流行を見せる。やがて、堂上と地下の好みをつなぎ、中央と地方の交渉にも立ち合うものとしての、江口・神崎・淀・山崎など水辺の遊女《あそび》と、野上・青墓・鏡など街道の傀儡女が、今様を管理するともいえる位置に生き、哀切な華やぎの都市のその歌声は、流行の絶頂を迎える。

そのころの上下　ちとうめきてかしらふらぬはなかりけり　(文机談)

絶頂を迎えるということは、まさに今、その盛りが通りすぎようとすることである。その予感が、今様の正統に立つという自負の人になら当然持たれたそのなかで、だからこそ歌詞集の撰述が進められることになる。『秘抄』口伝集巻十の、殊に美しい結びの一節は、「こゑわざのかなしき」宿命としての、やがてくる滅びの予見と、そのもとで発意された撰述の、後白河の思いを哀切に記す。

先の今様一曲、遊女(傀儡女)の歌である。

『秘抄』の今様の配列には、類聚集成にふさわしく、秩序がある。この曲の場合、先行する曲と内容的に交渉し、交渉することの面白さによって、それぞれがまたその意味を深くもする。

厳粧《けしやう》狩場の小屋ならび／しばしは立てたれ寝屋の外《と》に／懲《こ》ろしめよ　宵のほど／よべもようべも夜離《よが》れしき／悔過はしたりとん（とも）　したりとん　目にみせそ

先行するこの曲、武者たちの巻狩――『曾我物語』などに我々の読む、浅間や那須の野の巻狩を場面とする。そこに集うものは武者だけではなく、諸国の遊女（傀儡女）たちも打ち群れて、武者の屋形にまじる「厳粧」の――やわらげて字を宛てるならば「化粧」の小屋を営んだ。ただちにそれは「懸想」の小屋であった。通ってくる男たち。ところがあの男、待っていたのに昨夜も一昨夜も来なかった。そんな目にあったのなら、あんた、今夜訪ねてきて謝ったとしても、そう簡単に入れてやってはだめよ。傍輩の女に忠告し、力付けてやっている。暫くは外に立たせておやり。あけてやらない閨の外で、咳払いなんぞして、いささか体裁の悪い思いでも男はするがいい。

夜離れの男を謡うこの一曲、男がしかし必ず戻ってくるものと、女は強気である。いわば泳がされている男は、千葉なり三浦なり梶原なり宇都宮なりの若者であってよく、強気の女は、手越の少将とか黄瀬川の亀鶴とか名乗ってもおもしろい。

これに並ぶ当面の今様もまた、遊女の歌であり、夜離れの男を題材とする。とはいえ一転、そこに展がる情緒は、男への恨み節であった。

中古、花の律令都市の夜の闇を、凄惨異形の者らが松明をともし、行列をなして徘徊し、ゆきあうものを害するという想像があった。百鬼夜行という。疫鬼、行疫流行《るぎやう》神の一団であった。それが夜の巷を徘徊する日は暦の上で決まっており、忌夜行日と呼んでその夜、平安京の夜の深さをおぼろけに通行するものなどいなかった。

ただ、思う女の許に心急ぐ若者は、そういう夜の闇なかにもこっそりと滑り出た。

加《か》多《た》志《し》波《は》也《や》恵《ゑ》加《か》世《せ》々《せ》久《く》利《り》爾《に》加《か》女《め》留《る》佐《さ》介《け》手《て》恵《ゑ》比《ひ》足《あし》恵《ゑ》比《ひ》我《われ》恵《ゑ》比《ひ》爾《に》介《け》里《り》

もし、夜行の鬼に遭遇したときのまじないの呪文である（二中暦）。『拾芥抄《しゅうがいしょう》』や『簾中抄』にも載っているが、呪頌だから転訛が多く（『二中暦』のものも、その一つの具体）、意味はよくわからぬところがある。下句は、手足もふらふらになるまで私は酔っぱらったというほどの意味である。『簾中抄』には、「此歌を道にてとなふれば百鬼夜行あへりといへどもことなし」という。

女の許に急ぐ若い男が鬼難に遭って、偶々乳母が衣の襟に縫い籠めておいてくれた尊勝陀羅尼（仏頂尊の陀羅尼。陀羅尼はその仏の効験を表現するサンスクリットの呪）の護符のおかげで、かろうじて一命救われる、そういう説話が、いくつかある。それでも高熱を発して生死の境をさまよわねばならなかった、後の左大将大納言藤原常行。眉目《みめ》うつくしい色好み、人いちばいのまめおとこ。醍醐天皇の外祖父にあたる藤原高藤の若い日。鬼に唾液を吐きかけられて、姿を失ってしまった男もいる。六角堂の観音さまの御利益で姿はとりもどせたが、そうでなければ疫鬼の手下にされるところであった男。

曾ての日、男はたのもしかった。お前のためなら鬼なんぞ、と言う。まんざら強がりだけでもなく、それが女はうれしく、男の顔を現《うつつ》に見るまで、無事を案じて落着かなかった。わたしが教えてあげたあのおまじない、あのひとは夜の道々に唱えているだろうか。唱えてくれたとして、ほんとうに効くのだろうか。危険な夜の闇を冒して男が通ってきた夜々の重なり、すっかり男を頼りにして女はしあわせだった。

――その記憶が、今は便りさえくれぬ男のおもかげに向かって、女に謡わせる。角三つ生ひたる鬼になれ――そう、いっそ、その鬼になってしまえ、と。やるせない言葉の意趣返し。

角の三本生えた鬼は夜行の鬼、疫鬼の一つの姿なのである。

とはいえ、その奇怪の姿を描いた文章や詩歌――少なくとも表現的な言語は、『梁塵秘抄』の外に見つからぬ。夜行の鬼、疫鬼の異形は、一眼、三眼、双頭、馬頭、一手、多手、一足とさまざまであり、且、しばしば角を生やして多くの説話に登場する。その角のなかに、三つの角は絶えて見られない。だが、鬼の角は通常二本、それを三本というのは醜さの強調などと、ごまかして済ますわけにはゆかぬ。

実は、表現のジャンルをすこしずらして歩きまわれば、うまくするとその鬼に、我々も出逢うことができる。

明徳版の『融通念仏縁起絵』の一場面、武蔵国与野郷名主の別時念仏に、疫鬼ども一群が乱入しようとする、総勢十八匹の後方、頭じゅう角だらけの鬼の横に、三角の鬼は真赤な口を開けて居た。さて、人にうとまれよ――疎まれるほかない御面相であった。

法隆寺に蔵する追儺伎楽面の一つにも彼はいた。

私の友人に、能・狂言古面を写して打つ素人の会に属する人がいる。そのグループ展の会場で、三角鬼に私は逢った。既に二十年以上の昔である。その会は、打つ腕をあげ打つ領域を拡げて、たまたまそのとき法隆寺所蔵の伎楽古面に及んでいたのである。友人の打ったのは、西円堂修二会結願のあとに行われる追儺会の面で、三面あるうちの父鬼と呼ばれるもの。鎌倉時代のものという。追儺の鬼は、与野郷名主の別時念仏に乱入しようとした疫鬼の、少なくとも一つの同類である。

また、神戸の長田神社にも、古式追儺式の鬼面が蔵められている。その七面のうち、格式の最も高い餅割鬼と呼ばれる鬼が、三本の角を持っている。四角のようにも見えるが、三角中央の一本が、更に二つに岐れた形にあると思われる。室町期のものだという（『古社名刹巡拝の旅37、みなと神戸』集英社）。諸社寺追儺の面には、なお三角鬼がみつかるかも知れない。ことばの世界からは遠く、絵や彫刻——造形の領域に、疫鬼として角三つの鬼は棲みついていたのである。

霜雪霰ふる水田の鳥となれ／さて　足つめたかれ

足つめたかれ——夜行の鬼を恐れつつも通って来た曾ての冬の夜の、男の足の冷たさ。抱いて暖めたわたしの記憶。

○法隆寺の追儺面は、平成六年、奈良・東京・福岡・名古屋・仙台で開催された「国宝法隆寺展」に展示された。

○大阪、住吉神社に秦王破陣楽面楯が五面ある。すべて楯に鬼面を彫り、うち二面は、三本の角を持つ鬼である。鎌倉期のものという。渡来系の表現としてこれは考慮に入れていない。
○角三つの鬼について、二十年ほどの昔、『椿円律』に小文を書いたことがある。書き加えるべきこと、書き改めたいことがあって、再稿した。

聖と俗　男と女の物語（二）「角三つ生ひたる鬼」
「藍生」第二二巻第二号（藍生俳句会　平成二十三年二月）

植木朝子（うえき・ともこ）
＊1967年東京都生。
＊お茶の水女子大学大学院博士課程単位取得。
＊博士（人文科学）
＊現在　同志社大学教授。
＊主要著書
『梁塵秘抄とその周縁』（三省堂　2001年）
『中世小歌　愛の諸相』（森話社　2004年）
『梁塵秘抄の世界』（角川学芸出版　2009年）

今様《いまよう》　コレクション日本歌人選 025

2011年11月30日　初版第１刷発行
2017年２月25日　再版第１刷発行

著　者　植木朝子
監　修　和歌文学会

装　幀　芦澤泰偉
発行者　池田圭子
発行所　有限会社　笠間書院
東京都千代田区猿楽町2-2-3［〒101-0064］
電話　03-3295-1331　FAX 03-3294-0996
NDC分類 911.08

ISBN978-4-305-70625-6

印刷／製本：シナノ
乱丁・落丁本はお取り替えいたします。（本文用紙：中性紙使用）
出版目録は上記住所または info@kasamashoin.co.jp まで。

コレクション日本歌人選　第Ⅰ期～第Ⅲ期　全60冊完結！

第Ⅰ期　20冊　2011年（平23）2月配本開始

№	歌人・テーマ	よみ	著者
1	柿本人麻呂	かきのもとのひとまろ	高松寿夫
2	山上憶良	やまのうえのおくら	辰巳正明
3	小野小町	おののこまち	大塚英子
4	在原業平	ありわらのなりひら	中野方子
5	紀貫之	きのつらゆき	田中登
6	和泉式部	いずみしきぶ	高木和子
7	清少納言	せいしょうなごん	圷美奈子
8	源氏物語の和歌	げんじものがたりのわか	高野晴代
9	相模	さがみ	武田早苗
10	式子内親王	しょくしないしんのう（しきしないしんのう）	平井啓子
11	藤原定家	ふじわらていか（さだいえ）	村尾誠一
12	伏見院	ふしみいん	阿尾あすか
13	兼好法師	けんこうほうし	丸山陽子
14	戦国武将の歌		綿抜豊昭
15	良寛	りょうかん	佐々木隆
16	香川景樹	かがわかげき	岡本聡
17	北原白秋	きたはらはくしゅう	國生雅子
18	斎藤茂吉	さいとうもきち	小倉真理子
19	塚本邦雄	つかもとくにお	島内景二
20	辞世の歌		松村雄二

第Ⅱ期　20冊　2011年（平23）10月配本開始

№	歌人・テーマ	よみ	著者
21	額田王と初期万葉歌人	ぬかたのおおきみとしょきまんようかじん	梶川信行
22	東歌・防人歌	あずまうたさきもりうた	近藤信義
23	伊勢	いせ	中島輝賢
24	忠岑と躬恒	みぶのただみねおおしこうちのみつね	青木太朗
25	今様	いまよう	植木朝子
26	飛鳥井雅経と藤原秀能	あすかいまさつねふじわらのひでよし	稲葉美樹
27	藤原良経	ふじわらのよしつね（りょうけい）	小山順子
28	後鳥羽院	ごとばいん	吉野朋美
29	二条為氏と為世	にじょうためうじためよ	日比野浩信
30	永福門院	えいふくもんいん（ようふくもんいん）	小林守
31	頓阿	とんあ（とんな）	小林大輔
32	松永貞徳と烏丸光広	まつながていとくからすまるみつひろ	高梨素子
33	細川幽斎	ほそかわゆうさい	加藤弓枝
34	芭蕉	ばしょう	伊藤善隆
35	石川啄木	いしかわたくぼく	河野有時
36	正岡子規	まさおかしき	矢羽勝幸
37	漱石の俳句・漢詩		神山睦美
38	若山牧水	わかやまぼくすい	見尾久美恵
39	与謝野晶子	よさのあきこ	入江春行
40	寺山修司	てらやましゅうじ	葉名尻竜一

第Ⅲ期　20冊　2012年（平24）6月配本開始

№	歌人・テーマ	よみ	著者
41	大伴旅人	おおとものたびと	中嶋真也
42	大伴家持	おおとものやかもち	小野寛
43	菅原道真	すがわらのみちざね	佐藤信一
44	紫式部	むらさきしきぶ	植田恭代
45	能因	のういん	高重久美
46	源俊頼	みなもとのとしより	高野瀬恵子
47	源平の武将歌人		上宇都ゆりゑ
48	西行	さいぎょう	橋本美香
49	鴨長明と寂蓮	ちょうめいじゃくれん	小林一彦
50	俊成卿女と宮内卿	しゅんぜいきょうじょくないきょう	近藤香
51	源実朝	みなもとのさねとも	三木麻子
52	藤原為家	ふじわらのためいえ	佐藤恒雄
53	京極為兼	きょうごくためかね	石澤一志
54	正徹と心敬	しょうてつしんけい	伊藤伸江
55	三条西実隆	さんじょうにしさねたか	豊田恵子
56	おもろさうし		島田幸一
57	木下長嘯子	きのしたちょうしょうし	大内瑞恵
58	本居宣長	もとおりのりなが	山下久夫
59	僧侶の歌	そうりょのうた	小池一行
60	アイヌ神謡ユーカラ		篠原昌彦

『コレクション日本歌人選』編集委員（和歌文学会）
松村雄二（代表）・田中　登・稲田利徳・小池一行・長崎　健